かがみの孤城　下

辻村深月

ポプラ文庫

かがみの孤城　下

contents

かがみの孤城 上

contents

第一部

◆様子見の一学期

第二部

◆気づきの二学期

イラストレーション
禅之助

目次・扉デザイン
岡本歌織（next door design）

かがみの孤城 下

第三部　おわかれの三学期

一月

こころは、一年四組。
ウレシノは、一年一組。
フウカは、二年三組。
マサムネは、二年六組。
スバルは、三年三組。
アキは、三年五組。

海外にいるリオン以外が、互いのクラスを教え合う。
何かあったら、保健室に逃げ込むこと。
保健室がダメだったら、図書室。

図書室がダメだったら、音楽室。

——もし、その全部がダメだったら、とりあえず、逃げること。

学校から逃げて、家の鏡から城に戻ってくること。

一月十日を前にして、みんなで決めた。

参加できないリオンから、「ちょっと羨ましいな」と言われた。「がんばって。どうだったか、話聞かせてよ」と言われると、みんなで会うのが少し誇らしいような気持ちになった。


前日は、成人の日で祝日だった。

お父さんとお母さんが家にいる日だったけれど、二人が部屋に来ない時間を狙って、こころは鏡を通って城に行った。マサムネやみんなと約束を確認し合いたかったからだ。みんなもそれは同じみたいで、休みの日で親の目をかいくぐるのは大変だろうに、ウレシノ以外全員城に来ていた。

マサムネと別れる前、こころは彼に話しかけた。大広間の鏡の前で、家に帰る時に一緒になったのだ。

四時半すぎ。〝オオカミさま〟の警告の遠吠えが聞こえる前に、「明日だね」と呼びかけた。

この間、城で五時になってしまった際に壮絶な揺れに襲われて、あれはとても怖かったから、みんな、十五分前の警告の前には帰るようにしていた。

こころの呼びかけに、マサムネが「ああ」と頷いた。まだぶっきらぼうに、少し気まずそうに。

マサムネの横顔が青白かった。――彼にどんな事情があって学校に行くことをやめたのか、こころは詳しいことを知らない。お父さんやお母さんが、だいぶ進んだ考えを持っていて、学校に行かない息子の意思を尊重する人らしいということまでは知っているけれど、そもそもの不登校の理由もきっと何かあったはずだ。

こころがそうだったように。

思ったら、「あのね」と話しかけていた。

「私、クラスに、――合わない、女子がいて」

合わない、という言葉は便利な言葉だ。

嫌いとか、苦手とか、いじめとか、そういうニュアンスを全部ごまかせる。こころがされたのは、ケンカでもないかわりに、いじめでもない。私がされたことはケンカでもいじめでもない、名前がつけられない〝何か〟だった。大人や他人にいじめだなんて分析や指摘をされた瞬間に悔しくて泣いてしまうような――そういう何かだ。

「その子がいるから、絶対に学校行きたくなかったんだけど、マサムネや、みんなが来てくれるなら、安心」

マサムネが声になるかならないかの呟きで、え、と言って、こころを見る。

「――何それ。そんな状態なのに、オレのために行くよっていう必死さアピール？ オレに、恩売るための」

「違うよ」

マサムネがいつもの嫌みっぽい口調に戻ったのを聞いて安心する。ちょっと前ならイラッとしたかもしれないこの子のそういうところも今は言葉通りじゃないとわかる。毎日一緒にいたから、わかるようになった。

マサムネが言いたいのは、きっと、そんな状態なのに来てくれてありがとう、という感謝だ。それが曲がって、こんな言い方になってしまう。

「そんな状態だけど、マサムネたちがいて安心なのは、私も一緒だよっていうアピール。不安で、行きたくない気持ちで明日学校に行くの、マサムネだけじゃないよ。マサムネが、私たちが来るなら大丈夫って思ってるのと同じ気持ちで、私たちもマサムネを待ってる」

こころの言葉を受けたマサムネが、戻るために鏡にかけた手に、ぎゅっと力を入れた。指が曲がって、縁を強く摑む。

「――ああ」

マサムネが頷いた。

「また明日」とこころは言った。

いつもの「また明日」よりも力を込めて。マサムネも言った。

「ああ。また明日。――学校で」


「お母さん、私、明日、学校に行く」

学校に行くことを伝えると、お母さんは、時が止まったように一瞬、無表情になった。だけどそれは本当にほんの一瞬で、すぐになんてこともないような顔で「ああ、そう」と言った。

動揺していることを悟られないようにそうしたんだと思うけれど、こころには、わかった。

学校に行く前日、九日の夜になるまで、こころはお母さんに学校のことを話さずにいた。前もって話すことでお母さんに心配されてしまうのが嫌だったし——何より、話してしまったら後戻りができなくなる。間際になってどうしても行くのが嫌になったらどうしようと、今日まではまだ考えていた。

お母さんと夕食後の洗い物をしながらそう切り出したこころに、お母さんが、

「大丈夫？」とやはり尋ねた。お皿を洗いながら、どこを見ていいのかわからないように、こころから視線を逸《そ》らす。だからこころもお母さんの顔を見ず、お皿を拭《ふ》く手元だけ見て答えた。

「大丈夫。——三学期、一日だけでも、行ってみたい」

学校には、みんなが登校してしまった、八時半の始業の後に行くこと。

教室には行かず、保健室だけ行くこと。

つらくなったら、すぐに帰ってくること。

それらを、お母さんに伝える。だから心配しないでほしいと、訴える。

「一緒に行こうか？」と言うお母さんを、こころは「大丈夫」と断った。

本当はそうしてほしい。

自分でも、胸がドキドキしていた。実際、しばらく行っていなかった学校の廊下や昇降口の様子を思い出すだけで足がすくむ。

けれど、みんなは一人で来るかもしれない。

学校に否定的な考え方をしているマサムネのご両親は、おそらくついてこないだろう。スバルだって、そもそもお母さんやお父さんとは一緒に暮らしていない。ウレシノやフウカ、アキは、ひょっとしたらお母さんと一緒かもしれないけれど、一人で来る子がいるなら、こころもそうしたいと思ったのだ。

お母さんは、こころが明日学校に行くことを、前もって学校に——伊田《いだ》先生に連絡しておいてくれると言う。

「——こんな急じゃなくて、もう少し先にしたら？　来週とか」

「でも、始業式だから」

そう言うと、お母さんが「え？」とこころを見た。お皿を洗うのを止めて、エプロンで手を拭う。

「始業式は先週末でしょ。一月六日」

「え？」

お母さんがリビングのレターケースに入っていた紙を持って戻ってくる。東条《とうじょう》さんがうちに届けてくれたお知らせの紙。こころはいつも、見ないでそのままお母さんに渡していた。

行事の予定表のところに、確かに一月六日が始業式だと書いてある。

「……本当だ」

始業式が先週末だったということは、明日は最初の授業が始まる日だ。成人の日までの三連休を挟んで、明日が授業の初日。

マサムネも勘違いしているのだろうか。咄嗟に確認したい気持ちに駆られたが、城に続く夜の鏡はもう光らない。電話番号くらい交換しておけばよかった、と後悔する。

だけど、そうか――と思い当たる。

三学期から学校に行く、とマサムネに聞いて、「何日に行けばいいの」と聞いたのは、確かフウカだった。「何日だっけ、始業式」と。

それを聞いて、こころも単純にマサムネは始業式に学校に行くつもりなのだと思い込んでいたけれど、マサムネ本人は「始業式に行く」とは言っていなかった。始業式は確かに早く終わる日だけれど、みんなが体育館に移動したりするせいであわただしい。――保健室の人の出入りも普段の授業よりありそうだ。保健室に集合するなら、確かに授業中の方がよいのかもしれない。

——また明日。——学校で。

マサムネと、こころは今さっき約束したのだ。決戦の日は、明日で間違いない。

「大丈夫」

こころはもう一度言う。

向こうで友達が待っているから大丈夫なんだ、と本当のことを教えられないのが残念だった。それを言えば、お母さんだって絶対に安心できるのに。

お母さんを見た。先週の金曜日が始業式だと知っていたのに、お母さんはその日の朝、特別なことは何も言わないでいてくれたのだと初めて気づいた。

「心配してくれてありがとう。でも私、行ってみる」

翌朝は、お母さんはいつもの通り仕事に行った。そうしてほしい、とこころが言ったのだ。

それでも、玄関先のお母さんはこころに何度も確認して、いつもの出勤時間になってもなかなか出かけようとしなかった。

「無理しないで。つらそうだったら、途中で引き返してくるのよ」と。

「夕方、電話するからね」と。

こころは、「うん」と答えた。

「行ってきます、お母さん」と言って、先に玄関を出ていくお母さんを見送る。外に出る時、お母さんが「自転車」と言って振り返った。

「お父さんが、昨日の夜、サドルのところを拭いてたよ。ちょっと埃かぶってたから」

「ああ――」

「お父さんも今日は早く帰ってくるって。無理しないようにって言ってたよ」

「うん」

昨夜、こころも直接お父さんに言われたことだった。お父さんは心配そうで――、それからちょっとほっとしているようにも見えた。「こころは偉いな」と言っていた。「また行くって自分で決めて、お父さん、偉いと思うぞ」と。

行くのは一日だけで、あとはまた休むつもりでいることを思うと少し胸が痛んだけれど、お父さんにそう言われたのはやっぱり嬉しかった。

それに――。

ひょっとすると、今日、みんなと会えたら、明日からの学校だって怖くなくなるかもしれない。みんなで一緒に、通えるようになったりするかもしれない。

そんな夢みたいなことさえ、つい考えてしまいそうになる。

◆

他の生徒と登校時間が合わないように、九時を過ぎた頃、外に出た。

中学校までの道を、自転車に乗る。ひさしぶりにまたがるサドルの感触が冷たい。冷たい空気が鼻を抜けて、頬が少しひりひりする。

ドキドキしていた。

しかしそれは、嫌なドキドキではない。真田美織《さなだみおり》のことを考えてなるああいう感じじゃなくて、少しの緊張と、もっと言うと、わくわくする感じだ。

ペダルに足をかけて漕《こ》ぎだす時、そうか——と気づいた。

私は今日、学校の、あの教室に行くんじゃない。学校に行く——んじゃない。

私は今日、友達に会いに行くんだ。

その場所がたまたま、学校なだけなんだ——と。

昇降口はしん、と静まりかえっていた。

校舎の後ろの自転車置き場に自転車を停《と》める時、自分のクラスの指定の場所に停めるのが躊躇《ためら》われて、二年生の方に停めた。

去年の春、この自転車置き場で真田さんとその彼氏にやられたことを思い出すと、今でも胸がきゅうっと痛む。

――けれど、今は誰もいない。

季節さえ違う。

校舎で授業をする声がしていた。いくつかの教室から先生がみんなの前で話す声が聞こえてくる。生徒の声はあまりしなかった。

その声を聞きながら、昇降口の、靴箱の前で靴を脱ぐ。

去年の四月は毎日来ていた場所、自分の靴箱の位置を見るとまた胸がきゅっと見えない力で引き絞《しぼ》られたようになる。

靴箱に手を伸ばす。

すると、その時だった。

ふいに横に視線を感じ、何気なく顔を上げたところは、無言で目を見開いた。

驚きに顔を固めるこころの前で、相手も同じように目を見開いていた。同じクラスの、東条萌《もえ》ちゃん。こころの家の二軒隣に住むあの子が、立っていた。

言葉が、互いに出てこなかった。

東条さんはジャージ姿で、学校指定の鞄をかけていた。彼女も今来たばかりのようだった。相変わらず鼻筋が通って、真ん丸な目は茶色がかって少し外国人ぽくて――、とてもきれいな子だ。四月、こころが友達になりたいと思った、あのままだ。

東条さんと目が合ったことを、なかったことにはできなかった。もっと大勢人がいたら目を逸らしたりできたかもしれないけれど、ここには二人しかいない。

肩に、背中に、全身に、嫌な力が一気に入る。

思い出す。――ああ、こうだった。

痛みはずっと覚えているつもりでいたけれど、案外忘れかけていたのだと思い知る。春は、毎日、こんなふうだった。おなかがずんと、重く、痛くなる。この感じを忘れていた。

行きたくない、と心が叫ぶ。

そのまま回れ右して今にも逃げだしたく思っていたその時、東条さんが――動いた。

何か言わなきゃ、と思っているこころの少し先にある、自分の靴箱から上履きを取って履く。こころから目を逸らし、無言で、そのまま廊下を去っていく。教室のある階段の方に、彼女が向かう。

何か言葉をかけられるんじゃないかと体中で身構えていたこころを残して、東条萌が、あっさり、こころを無視した。

東条さんの背中が小さくなって、廊下の角を曲がって消えていく。目ははっきりこころを見ていた。人形みたいにかわいくて、きれいな、こころが一学期に憧れていたあの目が、ふいっとこころを無視して、何も言わずに去っていった。

来たんだ、とか――。

多少嫌みっぽくでも、言葉はかけられると思っていた。それがたとえ短い言葉でも。

視界がぐらり、と揺れる。

呼吸が浅くなる。水の中で、まるで溺《おぼ》れているみたいだった。いつもうちに手紙を届けに来てるのに、いざ、目の前にすると口もきいてもらえなかった。息が、はっはっ、と短く、薄くなる。

どうして。

声は実際に口の中で小さなひとり言になった。

どうして、どうして、どうして。

登校時間をずらしてきたのに。なのに、どうして。

どうして、こんな時間にまだ昇降口にいたりするんだ。私には、この時間しかないのに。あなたは、いくらだって、どの時間にだって学校に堂々といられるのに。

さっきまで、マサムネたちに会えることを楽しみにしていたはずなのに、今日までのその気持ちが、今の東条さんの無視ひとつでひとたまりもなくしぼんでいく。

誰か助けて、という気持ちで、靴箱に手を伸ばす。

すると、こころはそこでまた固まった。

一学期から、ずっと置きっぱなしにしてある上履き。実を言うと、こころは、自分の靴や席が、落書きだらけになっていることを想像していた。テレビでよく見る〝いじめ〟がそういうものだから。不在の子の椅子や机に、死ねとか、悪口が書き散らしてあったり――するものだから。

真田美織と自分の間にあったことはいじめでないとどれだけ思っても、実際はそれが怖かった。

上履きは、落書きされたり、中に画びょうが入っていたり、ということもなかったけれど、その代わりのように、一通の、手紙が見えた。
ウサギのキャラクターのシールが貼られた封筒。
震える手で、手に取る。
封筒には名前が書かれていた。
真田美織より、と。

世界が崩壊するような、ガラスをひっかくような大きな音が、すぐ耳の隣で鳴り響いた。
こころの息継ぎが浅くなる。乱暴な破り方で手紙の封を切る。中に何が書かれているのかを怖がる気持ちより、内容を早く知りたい気持ちが勝った。考える間もなく、手が動いていた。あの女が、私に向けて何か書いた。その内容を知らないまま、一秒だっていたくなかった。

『安西《あんざい》こころさま
伊田先生から、明日、安西さんが学校に来ると聞いたので、先生にそうしてみたらってアドバイスされたので、手紙を書きます。

安西さんが私のことを嫌っているのは知っています。だけど、伊田先生から聞いたと思うけど、私は安西さんと会って話したいです。

嫌われてるのにそんなこと言うのは、美織、嫌な女だね。本当に本当に嫌な女。安西さんがIのことを気にしてるのはわかるけど（先生には、Iのことはなにも言ってないから安心してね）、実は、私は夏にあの人とは別れています。安西さんがIを好きなら応援したいと思って――』

内容はまだ続いている。

けれど、手紙を持つ手が途中で大きく震え始めた。紙がくしゃっと音を立てて捻《ね》じ曲がる。

――なんだ、これは。

体の、どこか奥の方が、波打つように大きく揺れている。

真田美織の名前、先生からのアドバイス、真田美織の顔と伊田先生の顔が頭をちらつき、二人が、「イダ先生って、彼女いるんですか？」「なんだよ、いても教えません！」と笑い合うところが蘇《よみがえ》り――、東条さんが今さっき、冷たい目をしてこころを無視したことを思い出したら、こめかみの横で、血が沸騰《ふっとう》する音が聞こえた。

勢いにまかせて握りつぶした手紙を手に、こころは上履きを履く。踵《かかと》を潰したまま先を突っ込んで、保健室を目指した。

保健室まで行けば、息ができる。

呼吸を止めたまま、急ぐ。目を閉じて息を吸うと、どれだけ吸い込んでも胸が苦しくて、ますます溺れているようだった。

保健室まで行けば、マサムネが来ている。

友達がいる。

みんないる。

マサムネに、この手紙の内容を全部話して、「バカみたい」と言ってもらいたかった。「自分の世界にひたってて、なんだよ、真田ってこいつ、救いようないほどバカだな」って。

それは私が思っていることだったから。

こころがずっと思っていて、でも言えずにいることだったから。クラスメートも担任の先生も、あの子に対して誰も言ってくれないことだったから。

東条さんに姿を見られたということは、こころが学校に来たこと、今ここにいることは、真田美織にもこれからきっとすぐに知られてしまう。今は授業中だけど、次のチャイムが鳴って休み時間になったら、東条さんが真田美織の席に近づいていくところが想像できた。「ねえ、あいつ、来てたよ」。

気が遠くなりそうだった。保健室にまで、あの子たちが来たらどうしよう。

『嫌っているのは知っています。だけど――私は安西さんと会って話したいです』

手紙の文字を思い出すと、大袈裟《おおげさ》でなく体が震えた。

長く潜《もぐ》っていた水の底からやっと顔を出すような思いで、保健室のドアを開ける。

マサムネが、アキが、フウカが、ウレシノが――来ていると信じて。

全員来ていなくてもいい。誰かひとりの顔が見えただけで、こころは安堵で泣いてしまうかもしれない――。

ドアを開けた向こうに――、保健室の、養護の先生が座っていた。

ひとりだけで。

明々《あかあか》と光を放つ電気ストーブが見えた。その前に、先生が座っている。顔は知っているけれど一度も話したことがなかった養護の先生は、こころが今日来ることについて、すでに知っていたようだった。伊田先生が連絡したのかもしれない。

「安西さん？」

問いかける顔が、驚いたようにこころを見ていた。先生のその表情で、こころは自分が相当険しい顔をしていたのだと気づく。

「マサムネは……」

息が上がっていた。声が細かく震えていた。

ベッドに誰か寝ていないかと、つい、見てしまう。だけど、誰の姿もない。え？と先生が首を傾げる。「マサ……誰？」とこころを見る。

「マサムネ……くんです。二年生の。来てませんか」

二年何組だと言っていたっけ。

ちゃんと聞いてきたはずなのに頭が混乱して思い出せない。確か、フウカは三組だと言っていたけれど。だったら、とこころの口調が早口になる。

「二年三組のフウカちゃんも、来ませんでしたか。三年生のスバルくんや、アキちゃんも――」

言いながら、苗字じゃないと伝わらないんだ――とやっと気づく。中学は、よほど親しくない限り名前でなんて呼び合わない。普通は苗字だ。マサムネを名前呼びして先生に伝えたことが急に恥ずかしくなる。

ここにみんなが来ていないなら、スバルの教室に行ってみようか。スバルは教室で待っていると言っていた。これまで休んでいていきなり教室に行くなんてこころだったら絶対に無理だけど、スバルなら本当にそうするだろう。あの飄々とした雰囲気で、涼しい顔で、血相《けっそう》変えて飛び込んできたこころに、「やあ、どうしたの？」とか、そんなふうに――。

「安西さん？　どうしたの？　ちょっと落ち着いて」

「じゃあ、一年生の嬉野《うれしの》くんは？」

はっと気づいた。

ウレシノのことだけは、こころもフルネームで知っている。二学期の初めに友達に殴られたのだから、先生たちの間でもあれは事件として記憶されているだろう。養護の先生だって当然知っているはずだ。

「嬉野ハルカ。今日、来てませんか？」

尋ねながら、その時、ふっと心に違和感が掠《かす》めた。

マサムネに、アキに、スバルに、こころに――。

これまで学校に来ていなかったメンバーが急にそろって学校に来ることに、先生たちは驚かなかったのだろうか。こころのお母さんがそうしたように、それぞれの親がそれぞれのクラスに連絡だってしたはずだ。始業式の次の登校日というタイミングでみんなが集団でそうしたことに、何か理由があるんじゃないかと、普通だったら不思議に思うはずだ。

それぞれの名前だって、もっと意識して覚えているんじゃないだろうか。

養護の先生は戸惑うような目をこころに向けるだけだった。

「嬉野くん？」

呟いて、そして、驚くべきことを続けた。

「一年生に、そんな生徒はいないけど」

正面から、ごうっと、強い風に吹かれたような衝撃を味わう。困惑する先生の顔は演技に見えなかった。

嬉野、ハルカ。

すごく珍しい苗字と、名前だ。わからないわけない。記憶に残らないわけない。

咄嗟《とっさ》に思ったのは、ウレシノが嘘をついていたんじゃないかということだ。ひとりだけ、本当は雪科《ゆきしな》第五中学じゃなかったのに、みんなに合わせて嘘を――。

唖然《あぜん》とするこころに、先生が怪訝《けげん》そうに眉間に皺を寄せて続ける。

「マサムネくんも――二年生に、そんな名前の子はいなかったと思うけど。アキちゃんとか、フウカちゃんは誰かいたかな？　苗字は？」

「苗字は――」

わからない。教え合わなかった。

だけど、そんな問題じゃない。

直感的に、わかった。わかってしまった。理屈じゃない。わかってしまう。奇跡は起きない。

会えないんだ、とそう思った。

絶望的に思い知る。

どうしてかは、わからない。けれど、マサムネたちと、学校で、城の外の世界で、会うことはできない。

マサムネ――、と声が出かかる。

どうしよう、と思ったら、泣きだしそうになった。


――何それ。そんな状態なのに、オレのために行くよっていう必死さアピール？

オレに、恩売るための。

素直じゃないマサムネのあの物言いを思い出したら、いてもたってもいられない気持ちになった。

マサムネはどうなったんだろう。どうなるんだろう。違う学校に転校するのが嫌だから、今日一日はちゃんと行くと、お父さんたちと約束したマサムネ。

マサムネは、私たちが学校に来るから、会えると信じて、だから行くことにしたのに。

――裏切ってしまう。

マサムネが、一人、保健室で茫然として、こころたちを裏切者だと思い傷つく姿がまざまざと思い浮かんだ。

違う。来た。来たけど会えなかった。どうしよう、マサムネが一人になってしまう――。誰か、誰か――。

助けを求めたい気持ちで走り出したくなる。次の瞬間だった。

「こころちゃん」

柔らかい声がして、振り返る。保健室のドアのところに、スクールの喜多嶋《きたじま》先生が立っていた。

喜多嶋先生は学校の先生じゃないのに、どうしているんだろう――。

そう思ったけれど、喜多嶋先生の温かい手がこころの方に伸びてきて、肩を触ってくれたその瞬間、緊張の糸が切れた。

「喜多嶋先生……」

ひゅるる、と喉の奥から空気が抜けるようなか細い音がして、こころはそのまま保健室の床に崩れ落ちた。ぱちん、と電気が弾けるように目の前が一瞬で真っ暗くなり、気絶した。

⚜

次に目を覚ました時、喜多嶋先生はまだこころの横に座っていた。

保健室のベッドの、ぱりっと糊が利いた布団カバーの感触が体のすぐ上にある。ストーブの熱を少し遠くに感じる。

目覚めたこころは、咄嗟に、また周りを見た。

誰か、自分の他にも寝ている子たちがいるんじゃないか――とそう思って横を見るけれど、スクリーンパーテーションで仕切られた横のベッドに、人がいる気配はなかった。

「大丈夫？」

喜多嶋先生がこころの顔を覗き込んでくる。

「――大丈夫です」

本当に大丈夫かどうかではなくて、無防備に仰向《あおむ》けになった顔を見られるのが恥ずかしくて、つい声が出た。

気絶するなんて初めてだった。自分がどれぐらいここで寝ていたのかわからない。喉の奥が乾燥したようになって、声が掠れていた。

「先生」

「うん？」

「どうして、学校に？」

心配そうにこころを見つめていた先生の目が細くなる。

「お母さんから、こころちゃんが今日、学校に行くって聞いたから、私も来てみたの」

「そうですか」

心配して、来てくれたのだ。

養護の先生はいなくて、今、保健室にはこころと喜多嶋先生の二人だけのようだった。

喜多嶋先生は、やはり、以前から学校の先生たちとも連絡を取り合ったり、〝連携〟してきたのだろう。学校に行けない子たちのケアをする――、そういう〝仕事〟だから。

「先生」

マサムネたちに、会えない。

どうしてかわからないけれど、こころはもう諦めて、そして受け入れた。最後の望みを託《たく》す思いで、一度だけ尋ねる。

「――先生が、今日、学校に来るって連絡を受けてた不登校の子は、私だけ？」

ウレシノもマサムネも、喜多嶋先生に会ったことがある――、と言っていた。アキやスバルはスクールの存在すら知らなかったようだけど、少なくとも、喜多嶋先生を通じて、自分たちは繋がっていたはずだった。

特に、ウレシノの親が喜多嶋先生に事前に言っておかなかったはずがないと思う。二学期の最初にあんなことがあった後だし、こころの家だって、そうしたのだから。

喜多嶋先生が「うん？」と優しく、鼻から抜けるように小さく息を吐きだして、こころの額にかかった前髪を、視界から払ってくれる。

「そうだよ」と先生が答えた。

　嘘をついている顔には、見えなかった。何より、喜多嶋先生は単純に聞かれたことに答えただけで、今のこころの問いかけを大事なことだとは思っていなそうだった。

「ウレシノくんや、マサムネくんのおうちからは、何も、聞いてないですか？」

「え？」

　喜多嶋先生が短い声で聞き返す。それを聞いて、こころはぎゅっと目をつぶる。そんな生徒はいない――と言った養護の先生の、その言葉の通りなのだ。信じられないけれど、そうだ。

「何でもないです」とこころは言った。強い声で言った。

　これ以上何か聞いて、喜多嶋先生におかしなことを口走っていると思われたくなかった。喜多嶋先生は、こころが溺れそうで、息ができなくなっていた学校の中で、唯一出会えた味方に思えた。その先生から不審に思われるなんて耐えられない。

　全身から力が抜ける。ああ、やっぱり――、と思いながら、どういうことかわからなくて混乱する。

今日までの日々は、なんだったんだろう。

鏡の城なんて、本当はなかったのか。

狐につままれたような気持ちだった。

あそこで仲間に会えたことからが、そもそもこころの妄想か何かだったのか。考えてみれば、あれは、都合がよすぎる奇跡みたいな話だった。

部屋の中が異世界とつながる、なんて。

そこで会った子たちが、こころを友達みたいに思ってくれるなんて、いかにも都合がいい、こころの願望そのものじゃないか——。

そう考えると、次に不安に思うのは、自分がおかしくなってしまったんじゃないかということの方だった。

マサムネにウレシノ、アキにフウカにスバル、リオン——。

あの子たちはみんな、こころが頭の中で作り出した子たちなのだろうか。その子たちと一緒に過ごしている妄想の中を、こころはそうと気づかずに五月からずっと一人で生きてきたのだろうか。

考えると、ぞっとした。

自分がおかしくなったという考えそのものにもぞっとしたし、もっと怖かったのは、じゃあ、明日からはもう城に行けないのだ——ということだった。

妄想だと、こころの作り出した願望の幻影だと今日わかってしまったから、明日からはもう、こころはどこにも行けないのか。だったらいっそ、それが幻想だったとしても、あの願望の中にいる方がマシだった。

だって、現実は、もっと本当にどうしようもない、こころの願望も考えも通用しない場所なんだから。

「こころちゃん、ごめんね。さっきこころちゃんが倒れた時に、持っていた手紙が落ちて、中、見えちゃった」

喜多嶋先生が言って、こころはゆっくり、唇を噛《か》みしめる。

気を失う前に見た手紙の内容が蘇る。便せんの丸文字。自分のことを〝嫌な女〟と書いていた。Iとぼかして書いてあったのは、池田《いけだ》仲太《ちゅうた》のことだろう。真田美織の彼氏だったとか、別れたとか、そんなこと、こころには関係ないのに。

言葉が通じない——と絶望的に思い知る。

こころが春から懸命に守っている自分の現実。こころがされたことと、真田美織が見ている世界がまったくかみ合わず、同じ世界の中のこととは思えない。自分が見てきたことこそが現実なのに、それでも学校にちゃんと来ているというだけで、先生たちも真田美織が言うことの方が真実だと思うのだろうか。

殺されると思って、考えて考えて必死にやってきたのに、まったく関係ない池田くんを〝好きなら応援したい〟なんて軽い言葉でまとめられてしまっているのが、言葉にならないほど悔しかった。屈辱的すぎて、体の内側が燃えるように熱くなる。

殺してやりたい、と思う。

目を閉じると、悔し涙が滲《にじ》んだ。泣くところを喜多嶋先生に見られたくなくて、さりとて手紙に感じた違和感を大人にわかる言葉で説明できる気もしなくて、黙ったまま腕で目を押さえると、喜多嶋先生が言った。

「さっき、伊田先生と話してきたよ。――あれは、ない」

はっきりと、喜多嶋先生がそう言い切った。

先生の声が、明らかに怒っていた。

嬉しかったけれど、こころはまだ腕で顔を覆っていた。袖《そで》に触れる涙が熱い。無言で一回、大きく、こくん、と頷くと、喜多嶋先生が「ごめんね」と謝った。

「私がもっとちゃんと、伊田先生と最初から話しておけばよかった。嫌な思いをさせて、本当にごめんなさい」

喜多嶋先生の声が、悔しそうにぶれる。涙を抑えても、しゃくりあげる息が大きくなるこころの額に、先生の手がぺたりと触れる。

大人である〝先生〟がこんなふうに謝ってくれることがあるなんて知らなかった。いつだって、先生たちみたいな大人は子どもより偉くて、謝ったり、非を認めたりしないものなのだと思っていた。

「先生、さっき、東条萌ちゃんがいて」

こころは言っていた。しゃくりあげるせいで途切れ途切れになる声がもどかしかった。

「昇降口のところにいて、私を、見て、無視した。何にも言わなかった。学校来たんだ、とか、そういうのも、なんにも。毎日、学校からのお便りとか、家に持ってくるのに、実際、会ったら、口もきかなくて」

自分が何を言いたいのかわからなかった。

けれど、悲しかった。途方もなくすべてが悲しく、悔しくて、胸が張り裂《さ》けそうになる。

先生、どうしよう――。

こころの口から叫ぶような声が出た。

「先生、あの手紙、東条さんが靴箱に入れたんだったらどうしよう。真田美織に頼まれて、東条さんがやったんだったら」

話しながら、ああ、自分はそれが心配で、本当に嫌だったんだと気がついた。

四月、自分に笑いかけてくれたこともあるあの子が、こころの家を取り囲んだメンバーの中にいたのかどうかをこころは確認できていない。いたんだろう、と思う。思うけれど、そう思うだけで心が痛んで、いなかった可能性に縋《すが》ってしまいたくなる。

どうしてか、わからない。

東条さんはそもそも、友達になれたらいいなとは思ったけれど、一番の仲良しってわけじゃなかったのに、その彼女相手にどうしてこんな気持ちになるのかも、こころにはわからない。

ただ、敵になったと思いたくないのだ。嫌われていると、思いたくなかった。

――今日までは。

今朝、無視をされてしまったから、その願望も消えてしまった。

「こころちゃん……!」

喜多嶋先生がこころの腕を摑む。その力に、こころの口から、うー、という泣き声が洩れた。顔をぐしゃぐしゃにして、こころは泣いた。腕を外すと、喜多嶋先生の顔がすぐ前にあった。

「大丈夫だよ」と先生が言う。

こころの腕をさわる先生の手が力強かった。心強かった。

「大丈夫。あの手紙は、真田さんが伊田先生に言われて靴箱に入れただけで、東条さんは関係ない。——だって、こころちゃんに何があったのか、教えてくれたのは東条さんなんだよ」

信じて！

先生が言う。ものすごく、その声が必死に聞こえた。信じて。こころちゃん、信じて。

え、という声が喉の途中で固まる。

喜多嶋先生が続ける。

「真田さんとのことを、私たちに教えてくれたのは東条さんなの」

真田美織の周りの子たちが、本当のことを言うわけないと、確かにこころも思っていた。あの子のことを、みんなが裏切るわけないと。

でも、確かに、東条さんなら——。

「急に会って、驚いて、すぐに声が出てこなかったかもしれないね。だけど、信じて。東条さんは、こころちゃんを心配してる。本当に、心配してるよ」

どうして、という気持ちはまだある。

どうして心配してるんだったら、あんなふうに無視したりしたのか。思うけれど、心の一部が、その理由をすでに知っている気もした。

後ろめたいからだ——と。

こころがされていることを知っていても、それでも助けなかった。家を取り囲むメンバーの中に、東条さんはやはりいたのだろう。いても、やめようと言わなかった。あの中で、みんながこころを責め立てる中、ただ一人だけでも、本当は後ろめたい気持ちでいた子がいたのかもしれない。その可能性が、こころの息苦しさを少しだけ軽くする。

「こころちゃん」

喜多嶋先生が言う。泣き止んだこころに、とても優しく。

「闘わなくても、いいよ」と。

タタカワナクテモイイ——、という言葉が、初めて聞く外国の言葉のように聞こえた。

前に、喜多嶋先生に「闘ってる」と言われた時、嬉しかった。けれど、その時以上の、想像してもみないほど柔らかい響きを伴《ともな》った言葉に聞こえた。

先生を無言で見つめ返す。先生が言った。

「こころちゃんが頑張ってるの、お母さんも、私も、わかってる。闘わないで、自分がしたいことだけ考えてみて。もう闘わなくてもいいよ」

その声を聞いた瞬間、こころは目を閉じた。目を閉じたまま、どう答えたらいいかわからなくて、ただ、一度だけ頷いた。

自分がしたいことだけ、と言われても、こころは自分が何をしたいのかわからない。

けれど、闘わなくてもいい、なんて考えがあることそのものに全身を包み込まれるほどの安堵を感じた。

その時、養護の先生が保健室に戻って来た。「あの……」と控えめな声が、入り口の方からベッドのこころに聞こえる。

「伊田先生が安西さんに会いに来ると言っていますけど……」

こころは目を閉じた。ぎゅっと強く閉じ、次に開けた時、気持ちが少し強くなった気がした。こころを見つめる喜多嶋先生の顔を、見つめ返す。

「――家に、帰りたいです」

こころの言葉に、喜多嶋先生が頷いた。

「じゃあ、そうしようか」と、こころの目を見て頷いた。


お母さんが仕事場から学校まで、こころを迎えに来てくれた。こころが気絶した時、養護の先生が連絡してくれていたらしい。

行く、と言った学校を午前中にもう帰ることになったことを謝りたかったけれど、お母さんは何も言わなかった。

学校から戻ると、こころはただゆっくりと、リビングのソファで横になった。お母さんはもうその日は仕事に戻ることもなく、こころの横で黙って座っていた。

家に戻って、三十分ほどしてから、喜多嶋先生がうちに来た。

先生は、こころが乗っていった自転車を学校から家まで引いてきてくれた。そのサドルの部分を見て、こころは、お父さんが拭いてくれたのにな、とまた申し訳ない気持ちになる。

その日、喜多嶋先生はこころの家に寄って、まずは、こころと話した。

朝、東条さんが昇降口にいたのは、風邪気味で病院に寄ったからだったらしいよ、と教えてくれる。

それだけで、他のことはそれ以上何も言わなかった。

その時に、ふっと思った。

伊田先生は真田美織とこころを会わせたがっているけれど、ひょっとしたら、喜多嶋先生は東条さんとこころを会わせたかったのかもしれない、と。

真田美織の手紙のことは、お母さんもすでに喜多嶋先生からの連絡で知っているようだった。こころに二階に行くように言って、しばらく先生とお母さんの二人だけで話をしていた。

その気配と声を背後に感じながら、こころは深呼吸をする。

自分の部屋に続く、階段を見上げる。

今日帰ってきても、怖くて、すぐに自分の部屋に行けなかった。

鏡があるからだ。


――そんな生徒はいないけど。

嘘を言っている顔ではなかった。

嬉野ハルカなんて生徒はいない。二年生に、マサムネなんて子もいなかったと思う、と。

今日出てくるという連絡を喜多嶋先生にした不登校の生徒は、こころだけ。養護の先生も、喜多嶋先生も、そんな嘘をつく理由がそもそもない。

だったら、これまでの城の中の日々は、こころの頭の中だけの妄想なのか。妄想が解けたら、鏡はもう光らないのではないか。

――城に行けるのは、九時から五時。

今日も、本当なら光っているはずだった。

こころは階段を上がり、思い切って、自分の部屋のドアを開く。鏡を見る。そして、無言で息を呑んだ。


鏡が光っていた。

こころを迎え入れる準備万端《ばんたん》。妄想でも願望でもない現実感を伴って、確かにそこで、虹色に輝いていた。

今日を前に、みんなで約束したのだ、と思い出す。

学校で何かあったら、保健室に逃げ込むこと。

保健室がダメだったら、図書室。

図書室がダメだったら、音楽室。

――もし、その全部がダメだったら、とりあえず、逃げること。

学校から逃げて、家の鏡から城に戻ってくることを約束し合った。

その約束の通り、鏡が、こころを呼んでいる。

♔

一階では、お母さんと喜多嶋先生が話している。

どれくらいの時間、二人が話し続けているかわからなかった。話の途中で、いつ、「こころも来なさい」と呼ばれるかわからなかった。

返事がないこころを不審に思って、お母さんたちが探しに来る可能性もある。だけど、それでも、鏡の向こうに行きたいという気持ちの方が強かった。

夢や、幻でなかったことを確認したかった。

鏡の上に手を乗せると、今日も、いつもと同じように手のひらが水面に吸いつくようにピタリと馴染んだ。光の中に指が沈んでいく。
みんないるんだ――と、自分に言い聞かせる。

鏡の向こうは、しん、と静まり返っていた。

こころが出てきた鏡以外、光っているものはひとつもない。

――誰も来ていないのだ、とわかった。

みんな、まだ学校だろうか。それとも、今日は学校に行かないまま、家にいるのだろうか。静かに広間の階段を映すマサムネの鏡を見ると、いたたまれない気持ちになった。

来てよ、と願う。

来て。お願いだから来て。

私は学校に行った。本当にマサムネに会いに行った。マサムネを裏切ったわけじゃない。

〝ゲームの間〟に、向かう。

城は、確かにあるように思えた。

壁に触れる。ふかふかの絨毯《じゅうたん》に沈むつま先の感覚が確かにある。幻だなんて思えない。

――ここは一体、なんなのか。

途方に暮れた思いで、こころは改めて部屋の中を見回す。

使えない暖炉。他にも使えない台所やお風呂。設備は全部あるのに、火はおこせないし、水も出てこないのは、小さい頃遊んでいたおもちゃみたいだ。ここは、子どもだけが集まるおもちゃの城だ。

ふらふらと歩きながら、食堂に出る。

中央にある煉瓦造りの暖炉に手を伸ばす。ひんやりとしたその感触は本物のようにしか思えない。

――〝願いの鍵〟のことを、そこでふっと思い出した。

暖炉の中。この城に来てすぐの頃に、そこに「×」印を見つけたことを思い出した。あれには何か意味があるのだろうか――。

そんなことを考えながら暖炉の内側を覗き込む。前と同じ。手のひらくらいのサイズで描かれた「×」マークは、まだそこにあった。

「こころ」

ふいに背後から声がして、こころの肩がびくっと震える。振り返ると、リオンが立っていた。

「リオン……」

「びっくりした。こころの鏡が光ってるけど、〝ゲームの間〟にいないから……。どうだった？　マサムネたちと無事会えた？」

リオンの口調は明るかった。こころはその顔をじっと見つめる。

ちゃんといる、と思う。

リオンが、ちゃんといる。私の作り出した妄想なんかじゃない。目の前で生きて、動いて、しゃべっている。

「――会えなかった」

答える自分の声が幽霊みたいだと感じた。リオンの顔に「え？」と驚きが刻まれる。こころもどう説明していいかわからなかった。

「わからないけど、会えなかった。マサムネたち、来なかった。だけど、ただ来なかったんじゃないの。先生たちに、マサムネやウレシノなんて生徒はいないって言われた」

「……は？」

リオンが顔を歪《ゆが》める。「何それ」という彼の声が軽くて少し救われた。

「どういうこと？　あいつらが嘘ついてたってこと？　同じ中学だって」

「違うの」

それはこころも考えた。けれど、それだけじゃ説明がつかないことがたくさんある。第一、彼らがそんなことをする理由がない。

「わからないの」

息も絶《た》え絶《だ》えにこころが言う。

そろそろ戻らなければならない。お母さんと喜多嶋先生はいつ話が終わってここの呼びに来るかわからない。

こころの焦りが雰囲気で伝わったのかもしれない。リオンが口を噤《つぐ》む。こころは後ろ髪を引かれる思いで「もう行かなきゃ」と続ける。

「お母さんが、今日は家にいるの。戻らないと、おかしいと思われる」

リオンを見上げる。

「会えてよかった。私、これまで自分が見てきたの、全部、自分の妄想なのかと思いそうだった。リオンがちゃんといることがわかって、よかった」

「なんだよそれ」

リオンが戸惑っている。こころの短い説明だけでは到底全部伝わらなかっただろう。混乱させるようなことだけ言ってしまって、申し訳なかった。

「――ここは、何なんだろう。城も、〝オオカミさま〟も、何なんだろう」

行かなければならないのに、未練がましく声が出た。本当は今すぐ〝オオカミさま〟を呼び出して問い詰めたい。教えてほしい。

思うこころに、リオンが言った。呟くような、小さな声で。

「……フェイクだって、気もするんだ」

「え?」

「〝オオカミさま〟。オレたちを赤ずきんちゃん、って呼ぶ」

どういう意味か、わからなかった。リオンが顔を上げて「オレも行かなきゃ」と言う。

「オレも、サッカーの休憩で抜けてきたんだ。今日、決戦日だったなって思って。みんな、外で会ってどうだったのか、ちょっとだけ聞けたらと思ってきただけだから」

「……ハワイ、今、何時?」

「午後、五時半くらい」

リオンにはリオンの日常があるのに、こころたち日本のことを気にしてくれたのだと思うと頬がようやく緊張を解いたように緩《ゆる》んだ。

もう、戻らなければならない――。

その時ふいに尋ねてみたくなった。リオンと二人で話す機会なんて滅多《めった》にない。みんなと会えなかったあの鏡の向こうにもう戻らなきゃいけないんだと思ったら、聞いてみたくなった。

「ねえ、もしリオンだったら、どうする？」

「え？」

「もし、〝願いの鍵〟が見つかったら」

深く考えて聞いたわけではなかった。本当になんとなく、普段から明るいこの子には、きっと叶えたい切実な願いなどないだろうと、それが羨ましくなっただけだ。

しかし、その時、リオンの目がふいに遠くを見るように澄んだ。

「オレの願いは――」

願いの内容を聞きたいわけではなかった。鍵で願いを叶えることと、ここでの記憶をみんなが失うことは同義だ。だから、リオンは、記憶を失うくらいなら、鍵はなくていいと、そう答えると勝手に思っていた。

けれど、リオンが続ける。

「〝姉ちゃんを、家に帰してください〟」

「――え」

口にしたリオンも、言うつもりはなかったのかもしれない。二人の目が合う。言ってしまってからはっとしたように、リオンが唇を引き結んだ。

こころは口がきけなかった。何を聞いていいかわからなかった。

その気配に気づいたのだろう。観念したように、リオンが薄く微笑んだ。

「――オレが小学校に入った年に、死んだんだ。姉ちゃん、病気で」

こころはまだ何も言えなかった。そういえば、ずっと前にリオンがお姉ちゃんがいると言っていたことがあった。家族構成を聞いたら、うちは姉ちゃんがひとり、と。お姉さんもハワイ？　と尋ねるこころに、リオンが「日本」と答えた。日本にいる、と。

言葉もなくリオンを見つめ続けるこころに、リオンが言った。

「ごめん。こういう話聞くと、困るよな。別に何か言ってほしいわけじゃないんだ」

「ううん」

こころは首を振る。夢中で振った。リオンが謝ることじゃない。言葉が出てこない自分のことの方が情けなくて、ただ、首を振る。――聞いていいのかどうか、わからなかった。

亡くなったお姉さんのことに、リオンが触れてほしいのか、ほしくないのか、わからない。

その気持ちが伝わったわけでもないだろうけれど、リオンが少し微笑んだ。そして、続ける。

「もし、〝願いの鍵〟が本当にあって、姉ちゃんが本当にオレたちの家に帰ってくるんだったら、使うかも。どんな願いでも叶うっていうなら」

「……そうだったんだ」

「なんか、こういう話、オレもひさしぶりにした。あんまり言うことでもないから、向こうの学校の奴らにも、話したことない」

話してしまった後で少し気まずそうなリオンを見て、こころは立ちすくんでしまう。

胸が詰まる。そして、思った。

私はなんてちっぽけなんだろう——と。

リオンの願いの前に、真田美織のことが霞《かす》む。私はなんて小さなことをずっと願っていたんだろう。心臓がきゅっと音を立ててしぼむような感覚に陥《おちい》る。

叶うなら、私の願いは放棄《ほうき》していい——心から、そう思った。リオンの家にお姉さんが帰ってくるなら、どうかそっちを叶えてほしい。

「明日来る？」

リオンが聞いた。

「来る」

こころが答える。

明日、ここに来てみんなに会いたいということしか、今は考えられなかった。

みんなが確かにいること——存在して、こころと話してくれるのを、確認したくてたまらなかった。

⚜

一日、辛抱した。

明日になれば、みんなが必ず来る。そう信じて、翌日を待った。

次の日、鏡を通って城に行くと、中にはみんな揃っていた。ただし——マサムネと、リオンを除いて。

リオンはもともと、一人だけ生活時間が違うから城にはずっといるというわけじゃない。けれど、マサムネがいないことの意味は大きかった。二学期以降、城には皆勤賞に近い勢いでいつも来ていたのに。

「こころ——」

〝ゲームの間〟に入ってきたこころに最初に声をかけてきたのはアキだった。その目が微かに怒っているように見える。

ウレシノも、フウカも、スバルも。

すでに何か話が交わされた後なのか、黙りこくって、入ってきたこころを見る。

アキがこころを見る。睨む。そして聞いた。

「どうして来なかったの？」

こころは咄嗟に目を閉じてしまいそうになる。来た、と思った。

聞かれる覚悟はできていた。しかし、実際に言葉にされると衝撃は想像以上だった。

「違う！」

こころは叫んだ。アキの目を見て、ちゃんと答える。

「違う！　行ったの。ちゃんと私、学校に行った」

その時、ふっと、ある可能性が胸を掠めた。

それは――ひょっとするとみんなは会えたのか、という可能性だった。

こころ以外の全員は無事に保健室で会えて、こころだけが会えなかった、それだけの話だったのか。だとしたら、みんなの中でこころは裏切者だ。

嫌な考えが胸を冷たくする。

すると、アキの目が細くなった。細くなって、今度はフウカの方を見た。アキが言った。

「同じこと、言うんだね」

「え？」

「フウカや――、スバルたちと同じ」

こころは息を吞む。無言でフウカやウレシノたちを見ると、みんながこくんと頷いた。ウレシノの顔が真っ赤だ。

「僕も、行った」

こころの肩から力が抜ける。

二学期の最初、合わないクラスメートたちとあんなことがあったのに。

それでも、ウレシノは学校に行ったのだ。それは、ものすごく勇気がいることだっただろうと思う。

「私も」

「僕も」

少し遅れて、フウカとスバルの声が揃う。

「だけど会えなかった」

フウカが言って、こころは、ああ——と目を閉じてしまいたくなる。

そうなのだ。

みんな、そうだったのだ。

こころと同じ。確かに昨日学校に行ったのに、なぜか出会えなかった。

「——一年生にこころなんて子はいないって、言われた」

ウレシノが言って、こころははっと息を吸い込む。ウレシノがこころを、信じられないものを見るような目で見ている。

「同じ一年だから、……こころ、珍しい名前だし、通りがかった先生に聞いた。だけど、そんな生徒はいないって」

「私も聞いた。一年生に嬉野ハルカはいないって言われた」

ウレシノが顔を顰《しか》める。場違いに「僕の下の名前、憶《おぼ》えてたの？」と不機嫌そうに呟く。けれど、こころは今はそんなことはどうでもよかった。ウレシノを知らない、と言われた時もショックだったけれど、ウレシノの方でも、こころがいないと言われているなんて――。

到底信じられないことだけど、今なら、そういうこともあるかもしれないと思えてしまう。こころも実際、昨日体験したばかりのことだからだ。

「僕、いるよ」

「私だっている。雪科第五中の一年だよ」

ウレシノに答えると、腕組みをしたスバルが「僕も、二年の教室まで行ってみたんだ」と言う。

「いつまで経ってもマサムネが僕の教室に来ないし――、心配になって。マサムネの二年六組に行ってみた」

だけど、いなかった――。

スバルの声を受け、こころたちはみんな静まり返った。

「どういうこと？」

誰にともなく、アキが言う。苛ついたように髪の毛をくしゃくしゃとかきあげる。その髪の色の変化に——こころはようやく気づいた。

アキの赤みがかった髪が、黒に戻っている。——戻したのだ。

学校に、行くために。おそらく、おととい、城から帰った夜のうちに。

アキは嘘を言っていない。こころと同じように、相当の覚悟で、昨日、学校に行ったのだ。

「バレー部の子たちにだって、会いたくなかったのに……」

悔しそうに顔を歪め、アキの口から思わずというように呟きが洩れた。聞いている方の胸が痛くなるような、弱々しい呟きだった。

アキがバレー部だなんて、初めて聞いた。この半年あまり、一度も聞いたことがなかった。その声に、こんな時なのに胸がずくんと痛んだ。

バレー部。真田美織のバレー部。

あの子が入った頃、アキは学校に通っていただろうか。今、こんなに自分に身近なアキが、あの子の〝先輩〟だったりしたのだろうか。

「〝オオカミさま〟に——聞いてみる？」

フウカが言う。控えめな口調だった。

全員の目がフウカを見た。フウカが「信じられないけど……」と続ける。

「私たち、同じ中学なのに、会えなかった。どういうことなのか、あの子なら説明してくれるかも。意地悪だから、教えてくれないかもしれないけど」

「――〝オオカミさま〟もだけど、まずは、マサムネじゃない？」

スバルが言う。それは本当にその通りだった。みんなが、今度は申し合わせたわけでもないのに、マサムネが置いていったゲーム機を見た。

「マサムネが、今日、来てない。……たぶん、マサムネも昨日、僕たちに会えなかった。そうでしょ？」

――実は――、相談があるんだけど。

――あの、――お前たち、一日だけでいいから、三学期に、学校に、来てくれない？　一日。本当に、一日、だけでいいから。

十二月のクリスマスパーティー。

おどおどとした口調でマサムネが切り出したことを思い出す。プライドの高いマサムネが、クリスマスプレゼントまで用意して、みんなにどんな思いでそう伝えたのかを思ったら、改めてまた胸が痛んだ。

必死の思いで頼んだのに、こころたちが来なかった。

その事実をマサムネはどんな気持ちで受け止めただろう。

「……誤解、したかな」

フウカが言う。悲しそうな目をしていた。

「誰も自分のために来なかったって」

「だと思う。それで今日来てないんだとしたら、すごく嫌だな」

「だけど、たまたま来られなかっただけかもよ。午後になったら来るかも」

スバルの声に、ウレシノが首を振る。

「マサムネも学校行って蹴られたとか、殴られたとか――。これ、僕の例だけど」

自分の傷をそんなふうに言って嫌みにならないところがウレシノはすごい、と思う。その明るさに場の空気が少しだけ軽くなるのを感じたが、みんな、どうしても入り口の方を気にしてしまう。

大階段の広間から、鏡をくぐり抜けたマサムネが今にもやってくるんじゃないか――。そう期待してしまう。

けれど、マサムネが来る気配がない。

それが、彼の無言の怒りのように思えて、なんだかつらい。

来てほしい、と、言葉に出さないけれど全員が感じていた。

午後になって——全員、たまにお昼ごはんとかトイレに戻ったりしたけれど、みんな、城が閉まる五時に近い頃まで城に残った。

城に残って、マサムネを待った。

途中、人が来る気配がして、はっとして顔を上げたけれど、廊下の向こうから顔を出したのはリオンだった。

「マサムネは？」

何気ない口調で聞かれるのが、せつなかった。「来てない」とスバルが答える。リオンに、昨日あったことを今度はこころだけではなくみんなで説明する。

「もう来なかったらどうしよう」

その日の終わり、こころが不安に駆られて言ってしまうと、「大丈夫でしょ」とスバルが言った。

「あいつ、ゲーム命だから。少なくとも、ゲーム機取りに戻って来るよ」

〝ゲームの間〟の真ん中に置かれたゲーム機を眺めて、そう言う。それにこころも「そっか。そうだね」と答えた。

けれど、マサムネは来なかった。
その日だけじゃなく、次の日も。その次の日も。そのまた次の日も。ずっと。

二月

一月中ずっと来なかったマサムネがやってきたのは、二月に入ってすぐのことだった。

♔

もう城には二度と来ないんじゃないかと思っていたマサムネは、髪をさっぱりと切っていて、そのせいで、こころは一瞬、初めて見る新しい子が来たんじゃないかと思った。

マサムネは誰よりも早く来て、〝ゲームの間〟の真ん中で座って、なんてことないようにゲームをしていた。

「……マサムネ！」

その姿を見て棒立ちになるこころに向け、「よう」と挨拶する。

視線をテレビに据えたまま、カーレースのゲーム画面相手に「あ、やべ」とか「うっわー」とかぶつぶつ呟いている。

こころはどう言葉をかけていいかわからずに、〝ゲームの間〟の入り口で立ったままでいた。そうしてるうちに、みんながやってきて、一人、また一人とメンバーが増えていく。

マサムネの姿を見て、スバルが、フウカが、アキが、ウレシノが、リオンが、棒立ちになる。

「マサムネ、私たち、マサムネとずっと話したくて――」

誤解なんだ、と言いたかった。ウレシノも言う。

「マサムネ。僕たち、約束破ったわけじゃないんだよ！」

「そうだよ、どうしてずっと来なかったわけ？　私たち、みんな、本当はちゃんと」

アキが上ずった声で続けようとする。すると、マサムネが初めて、ゲームのコントローラーを手元から下ろした。

マサムネが使っていたキャラクターの車が、ゲーム画面の中で派手にクラッシュする。ゲームオーバーのＢＧＭが流れる。

「わかってるよ」

マサムネが言った。ようやく初めて、こっちを向いた。

短くした髪のせいで、前より視線が鋭くなったような気がする。全員に向けて、マサムネが言った。

「わかってる。お前たちも、あの日、学校行ったんだろ。オレが来てほしいって頼んだ、一月十日」

皆がその声に息を呑んだ。マサムネが続ける。

「来なかったなんて、思ってない。お前たちが来ないわけ、ないから」

マサムネの言葉を聞いて、みんなが言葉をなくすのがわかった。こころの胸にも、彼の言葉が深く突き刺さる。

そして、涙が出そうなほど、嬉しくなった。

マサムネはこころたちを信じてくれていた――！

誤解だと言い訳する必要なんて、なかった。

あの日のこころと、たぶん、同じ。

界〟って言うんでしょう？」

ヘイコウ世界。

その言葉を、こころは口の中で繰り返す。漢字で〝並行〟と書くのだとしたら、イメージが浮かんだ。

城の大広間。階段の前に並んだ七つの鏡のそれぞれの後ろに、並行して光が延びる様子がまず思い浮かんだ。

鏡の向こうに広がるそれぞれの世界の光は、ただただ平行に延びていくだけで、どこまでいっても交わらない。

フウカが続けた。

「前に読んだ漫画に出てた。——その本は、一人の主人公に、あの時もしこうしていたらっていう選択肢の分、並行世界の現実があって、いろんな世界の自分が集まって同窓会をするの。あの時もし恋人と結婚していたら、夢を諦めないで続けていたら、青春時代の気持ちのままでいたら——とか、そういう人生の選択肢の数だけ、いろんな世界の自分がいる」

「そうそう！　その選択肢の数が、オレが言う分岐。世界の分岐点」

マサムネが勢い込んで頷く。

フウカのたとえは、こころにもいくらかわかりやすかった。

あの時こうしていたらもっと違う現実があったんじゃないか、というのはこころも確かに日常でよく考える。もし、自分が学校を休まなければ。真田美織と違うクラスだったなら。そもそも雪科第五中の生徒でなければ――。

仮想の現実は、今の現実より居心地がよさそうで、そうだったらいいのにと考えれば考えるほど、そちらの世界が現実として存在していそうに思えた。

「で、オレたちのパラレルワールドの分岐点は、オレたちの存在。Aを選んだけど、あの時Bを選んでたら違う世界があったんじゃないかって考えるさっきの例でいくと、オレたちの世界はそれぞれ、フウカがいた場合、ウレシノがいた場合、こころがいた場合――っていうふうに、オレたち七人分、今、それぞれに世界が用意されてる。――何度も考えたんだけど、そういうことなんだと思う。似てるけど少しずつ違う世界を、オレたちはそれぞれ生きてる」

「でも、じゃあ、たとえば喜多嶋先生は？」

今度はこころが尋ねた。

「アキとかは会ったことないって言ってたけど、マサムネも、私も、スクールの喜多嶋先生とはそれぞれ会ってるよね？　喜多嶋先生は少なくともそれぞれの世界にいるってことじゃない?」

言いながら、けれど、こころは思い出していた。

喜多嶋先生が、あの日、学校に来るという連絡を受けていた生徒はこころだけ。先生がマサムネやウレシノの存在を待っていたようには見えなかった。

「――同じ登場人物もいる、ってことなんだと思う」

登場人物、という言葉に、こころはきゅっと唇を嚙みしめる。ゲームのたとえ話そのままに、マサムネがあえて使った言葉なのだろうけれど、自分の生きている現実が、途端に箱庭か何かのような作り物に思えてしまう。

「たとえば、アキとかスバルは、フリースクールの存在自体、聞いたことないよな? 喜多嶋先生とも当然会ってない」

「……うん」

「ああ」

二人が頷くのを待って、マサムネが断言する。

「だから、二人の世界には、おそらくフリースクールはないんだ。存在してない。喜多嶋先生っていう人物自体、二人の世界に存在してない可能性もあるし、あるいは、いるかもしれないけど全然違う場所で別の仕事をしてるとか、そういうことなんじゃないの」

一月中、城に来ていない間、マサムネは相当考え、一人で検証を続けていたのだろう。パラレルワールドのことについても、本などでかなり調べたのかもしれない。

「前からちょっと感じてたんだよ。オレたちの話す雪科第五中の、地理的なこととかがなんか曖昧な気がするって。たとえば——、こころさ。お前の家の周りで一番大きな買い物する場所、どこ？」

「カレオ……だけど」

それはみんなそうだろう。思っていたけれど、みんなの反応を見て、こころは驚いた。フウカが目を見開いている。

「フウカはカレオじゃないの？　違うの？」

「……うちは、アルコっていうショッピングモールに行く。映画館とか入ってるとこ」

「え!?」

初めて聞く名前だった。カレオは大きなショッピングセンターだけど映画館は入っていない。

フウカの声を受け、マサムネも頷く。

「うちも、アルコ。――だから前にこころがカレオって言った時、アルコと間違えてんだなって思った。でも、そうじゃないんだろ？」

「うん……」

茫然としたまま、こころは頷いた。カレオの話題を自分はいつ出しただろう。咄嗟に思い出せないでいると、アキが顔を顰めた。

「私は、アルコもカレオも知らない。――そういえば前に、それぞれどこ小かってこと話した時、こころが私に聞いたよね。カレオのあるあたりだよねって。あれ、何言ってるんだろうって、あの時、実は思ってた」

「そんな……」

「あと、マックも」

フウカが小さな声で言う。

「私はマック、アルコに入ってるのに行くことが多いんだけど、駅前に、あるの？前にアキとスバル、そう言ってなかった？」

「うん、駅前。あそこ、できたばっかりだと思ってたけど」

アキとスバルが困惑した様子に顔を見合わせる。

「アキたちがそう言ってるの聞いて、自分の知らない間にできたんだと思って行ってみたんだけど、やっぱりなくて、ちょっとおかしいと思ってた。こころは知ってる？」

「私もカレオの中なら知ってるけど……」

同じ学校の子たちがいる可能性が高いから、あまり近づかないようにしていた場所だ。こころは戸惑いながら、「じゃあ、あれは？」と尋ねる。

「移動スーパーは来る？　ミカワ青果のトラック。うち、近くの公園に、週に一度来てるの。私の小さい時から」

頭の中に、『小さな世界』のメロディーが回る。

ディズニーランドの、こころの好きなアトラクション、イッツ・ア・スモールワールドの曲を大きなスピーカーから響かせながらやってくる移動販売車。

あの曲をひとりきり、昼間に聞いて憂鬱に思っていたのが、遠い昔のことのように思える。城に来るようになって、もうずっとあの曲は聞いていない。

「わかんない。うちの方には来ないのかも」

「でも、フウカは、私と小学校が一緒だったよね？　一小で。だから、あのあたりを車が回ってるんだと思ってたんだけど」

フウカとは、だから本当に家が近所なのだろうと思っていた。実際会うわけではなかったけれど、心強く思っていたのに。

「……うちの方、来てるよ。『小さな世界』でしょ」

アキが言って、こころは息を呑む。

「そう！」と大きな声が出た。

「『小さな世界』の音楽を鳴らしながら、トラックが来るの」

「おばあちゃんがよく、買い物に行ってた。助かるって」

「それなら、うちも来てる気がする。だけど、うちの方はそれ、音楽鳴らしてないけど。車も、トラックじゃなくない？　ワゴン車みたいので、野菜とか売りにくるあれだよね？」

ウレシノが言う。

「スーパーとかまで行けないお年寄りが増えてるからって、よくうちの方にも来るよ。何時って決まってて、ママがよく時間に合わせて買い物に行ってる。うちのママも、車の運転できなくて、スーパー、なかなか行けないから」

どうやらこころやアキの知ってる移動スーパーの車と、ウレシノの言う車は特徴が違うらしい。

「あとは日付な」

首を傾げるこころたちの前でマサムネが続ける。すると、今度もウレシノが「あ」と声を上げた。

「あのさ、マサムネ。マサムネに言われて学校に行った一月十日。あの日、始業式じゃなかったよ」

そうなのだ。

始業式は、その前の週、一月六日にもう終わっていた。学校からのお便りで確かめたから間違いない。実際、始業式はあの日行われていなかった。

思っていると、ウレシノが驚くべきことを続けた。

「あの日、日曜日だったよね？」

え――、という驚きの声が、喉の途中で止まる。こころが驚きの表情でウレシノを見つめると、ウレシノの方でも戸惑ったように、え？　とみんなを見つめ返す。

「――学校休んでると曜日の感覚がほとんどないから、僕もうっかりしてたんだけど……。学校行くって、ママに言ったら、明日は日曜だって笑われた。……みんな勘違いしてるのかなって思ったけど、でも、一応、行った。入れなかったけど、門の前で半日、待ったよ」

「本当だよ」と。

「嘘！」

こころは思わず声を上げた。だけどウレシノはきょとんとするだけだ。

その顔を見て、こころの方でも――腑に落ちてしまう。

二学期の最初。学校に出ていって嫌な目に遭ったウレシノが、同じことを三学期も繰り返したとしたら、それはすごい勇気だと思った。けれど、もし日曜だったなら状況は少し違う。

咄嗟にそう考えてしまってから、はっとする。

――門の前だって、部活や何かで生徒の出入りはあるはずだから、そこまで行くのには勇気が当然いったはずだ。だから、そんなふうに思ってしまった自分を恥じる。心の中で、ウレシノごめん、と謝る。

「マサムネが一日間違えて言ったのかと思って、じゃあ、月曜も行かなきゃいけないのかなって思ったんだけど、そしたら、ママに明日も成人の日で休みだって言われた。連休だって。だからますます意味がわかんなくて」

「え、成人の日って十五日でしょ？　連休じゃなかったと思うけど……」

今度はスバルが尋ねる。すると、マサムネが呟いた。

「……曜日が微妙に違うんだよ。オレたち」

全員が目を瞬《しばたた》く。マサムネが続ける。

「いつが日曜なのか、平日なのか。ついでにいつが始業式なのか成人の日なのかも、たぶん違うんだろ。オレの世界では一月十日が始業式だったけど、違うやつもいるんだろ?」

「始業式はともかく、成人の日は一緒だと思うけど」

アキが言って、「ねえ」と同意を求めるように皆の顔を見る。スバルが浅く顎を引いて頷き、それから言った。

「……僕の世界では、一月十日は始業式だったよ。マサムネと同じ」

マサムネとスバルの目が合う。

「ひさしぶりに学校に行ったら、みんなに驚かれた。誰も、話しかけてこなかったけど」

「――急に来て、そんな髪の色になってんだもんな。そりゃ、怖いんじゃない?」

「マサムネの二年六組にも行ったけど、マサムネなんて名前の生徒はいないってクラスの子たちに言われたよ」

スバルの言葉に、マサムネがはっと息を呑む気配があった。ややあって、マサムネが小さな声で「サンキュ」と呟く。

「来たんだ、オレのクラス」

「うん」

「……ありがとう」

「どういたしまして」

「あの……そのことなんだけど」

フウカが控えめにおずおずと手を挙げる仕草をする。マサムネに尋ねる。

「マサムネ――二年六組って言ったよね？　私、三組で、前に二年生は四組までしかないって言って、マサムネに怒られたけど、でもやっぱり、今回確認してみたら二年は四組までだよ。マサムネがいるっていう六組は、学校全体で探してみてもそもそもなかった」

「クラス数まで違うの」

こころは呆気に取られた思いで呟く。

世界が違う――というマサムネの言葉が、ぐっと信ぴょう性を帯びてくる。だって、そうとでも考えないと、本当に説明がつかないのだ。

「あのさ」

ここが違う、あそこが違う、という話で盛り上がるこころたちの真ん中に、一際響く声が落ちてくる。

これまで黙っていたリオンの声だった。日本の、南東京市の、それぞれの現実の地図がどうなっていようと、リオンの世界はハワイにある。その意味では、リオンの世界は最初からこころたちとは違う。

ふいに、リオンとウレシノが同じ小学校の同じ学年だったはずなのに、お互いがお互いを覚えていなかったことを思い出した。

あれだって、本当はおかしかった。あの時もっと不思議に感じてもよかったはずなのに、こころはあっさり、リオンとウレシノなら、そういうこともあるかもしれないと流してしまった。リオンとウレシノみたいな子は属してる世界が違うから、と大雑把《おおざっぱ》に括《くく》って。

思い返すと、改めて自分にがっかりする。そんな考え方だから、私は普通の子たちみたいにうまくやれないのかもしれない。

リオンが言う。

「オレ、単純だから、難しいそのパラレルワールドの話、完全には理解できてないんだけど、つまり、オレたちは外の世界では絶対に会えないって、そういうことなの？」

リオンの声に、みんながはっとなる。黙ったまま、みんなの顔が固まる。衝撃が広がっていく。

「――うん」

ややあって、マサムネが頷いた。

一月中、ずっとこのパラレルワールドの可能性を考え、自分でその結論を出したマサムネの気持ちはどんなものだっただろう。

――オレたち、助け合えるんじゃないかって。

泣きそうな、切実な目をしてこころたちに学校に来てほしいと言った時の、マサムネの言葉が蘇《よみがえ》る。

「助け合えないってこと？」

リオンが尋ねる。マサムネはしばらく黙っていた。全員の視線を集めながら、しばらくして、「ああ」と答えた。

「オレたちは、助け合えない」

しばらく、誰も何も言えなかった。

ウレシノが、猫が驚いた時みたいに露骨に目を見開いている。アキが不機嫌そうに唇を尖らせて目を伏せている。

「じゃあ、どうして私たちはここに集められたの？」

沈黙に割って入るようにフウカが聞いた。みんな黙ったままフウカを見る。フウカは宙を見ていた。誰かに話しかけているというよりは話しながら自分の考えをまとめているようにも見えた。

「それぞれ違う――パラレルワールドの雪科第五中で、それぞれ、学校に行っていない者同士が、鏡の中のこの城でだけ会えてるっていう、今はそういう状況ってことだよね？」

「……そういうことになるな」

マサムネが頷く。フウカが続ける。

「そこまでは、私もどうにか理解した。信じられないけど、マサムネの言う通り、そもそもこの城に来られてる時点で普通じゃないことはもう起こっちゃってるわけだもんね」

「――確かに、そう考えると納得できるよ……」

こころも言った。全員の顔を見る。

「みんなが雪科第五中の生徒だって知った時、ひとつの学校に、私みたいに学校行ってない子って今こんなにいるの？　って、確かにちょっと疑問に思った。いくら雪科第五が大きい学校だからって、ちょっとそれってすごいな、とか。だけどそれも、世界が違うってことなら納得できる。一つの学校に一人ずつなら」

「――一人ずつかどうかはわかんないけどな」

マサムネが不服そうに息を洩らして言う。こころを睨む。

「学校、つまんねーもん。何人行ってなくてもオレは別に驚かねーけど？　たまたまそう考える奴が何人いるかなんて巡《めぐ》り合わせだろ？　一人の欠席もない学年もあれば、たまたまクラスに二人ずついるとか、そういうことだってあるだろ」

マサムネの目がうんざりしたように細くなる。

「なんか、そうやって欠席多かったりすると、大人とかは何かこの学年とかクラスに問題があるってすぐ分析しようとするんだろうけど。そんなの、休みたい個人が二人いただけっていう個別の問題だと思うんだよな。オレ嫌い、そういう世代とか社会背景とかで不登校とかいじめ分析する傾向」

「まあ、確かに、マサムネと僕が同じクラスにいたとしたら、きっとそれぞれの理由で学校は行ってなかったんだろうね。クラスや何かに問題があるってことじゃなくて、今と同じような理由で、単独で休んでた」

スバルが軽やかな声で言う。マサムネを怒らせてしまったように感じて肩を縮《ちぢ》めていたこころにも、にこっと笑いかける。

「まあ、でもいいんじゃない。一つの学校に一人ずつの僕たち。各雪科第五中の学校に行かない代表」

「そんな私たちが唯一集まれるのがこの城なわけだよね。私たち七人分――七つの世界の真ん中にこの城があるっていう、そういう感じ」

アキの声にこころの中でもイメージが広がる。アキが言った。

「だったら、なんでここでだけ会えるの？　何のためにこんな――」

アキが言う。するとマサムネの顔つきが変わった。「そのことなんだけど」と真顔になる。

「パラレルワールドもののSF小説とかアニメだと、多い設定なのは、枝分かれしてるそういう世界のどっかが消失するっていう話」

「消失?」

「でかい木で想像するとわかりやすいかも。実際、漫画とかだとそういう絵で図解されてることが多いし。誰か書くもの持ってる?」

マサムネの声に、フウカが自分のバッグからノートと鉛筆を取り出す。サンキュ、と短く礼を言ったマサムネが白紙のページに絵を描いていく。

「もともと世界は大きな一本の木だったとして」

大きな木の幹の部分をマサムネが描き、そこに「世界」と書き入れる。

「そこから、オレたちの世界が今分岐してる。だから、そこは枝分かれした世界。枝の部分」

幹から伸びた枝を左右にマサムネがいくつか描く。全部で七本。

「この枝一つ一つが、南東京市にオレがいた場合の世界、リオンがいた場合の世界、ウレシノがいた場合の世界っていうふうに今分かれてる。で、増えすぎた世界は消えた方がいい場合もあるわけ」

「どうして!?」

ウレシノとこころの声が揃った。〝消える〟とか〝消失〟とか、穏やかじゃない。

「消えたら、その世界にいる人たちはどうなるの？　死んじゃうの？」

「死ぬ……とはちょっと違うかもしれないけど、まあ、消える。最初からなかったことになるわけだから」

「消えた方がいい場合って、そんなこと誰が決めるの？　誰の判断？」

「それは、その小説や漫画の設定によってそれぞれだけど、まあ、一番多いのは世界の意思みたいなことかな。神の意思っていうか」

　マサムネが図の中の木の太い幹を指さす。

「この幹の部分が、枝が重すぎるからちょっと減らそうって判断する。――〝淘《とう》汰《た》〟って言葉で表されてることも多い。自然界の生物が、環境に適応した必要なものだけが残って、他が滅びるっていう意味だけど」

　マサムネが顔を上げる。

「ともあれ、そんなふうに世界が淘汰されて、選《よ》り分けられることがフィクションのパラレルワールド設定だと多い。『ゲトワ』の設定でもそうだろ？」

「『ゲトワ』？」

「あん？　知ってんだろ？　『ゲートワールド』。今超売れてるプロフェッサー・ナガヒサのゲーム。まさか知らねえの？」

「ナガヒサ……？」

スバルが怪訝そうに問い返す声に、マサムネが苛立ったように言う。

「ナガヒサ・ロクレンだよ！　ゲーム会社ユニゾンの天才ディレクター」

言いながら、諦めたように「そこからかよ」とため息をつく。

「そんな有名なパラレルワールドものからお前ら説明が必要なの？　基礎知識がなさすぎ」

「僕、知ってる。映画にもなったゲームだよね？」

「……なってねえよ。いいよ、もうわかんないなら黙ってろよ」

ウレシノが言うが、マサムネがお話にならない、というように首を振る。

「『ゲトワ』の場合は、いくつかのパラレルワールドから代表がやってきて互いに闘い合う。負けた方の世界が消えて、どの世界が残るかを決めるっていうストーリーなんだ。優勝した世界が、この世界の唯一の〝幹〟の部分になって残る。だからみんな自分の世界の存続をかけて死にもの狂いで闘う。——そういうゲーム」

「じゃあ、僕たちの場合もそうだってこと？」

スバルが尋ねる。マサムネが肩をすくめた。

「——その可能性はあると思った。オレたちがここに集められたのはかなり特別なことだろ？　七人が世界の代表だとすると、ここって世界サミットみたいなもんじゃん。代表同士に何かをさせたいってことはあると思う。で、思い出したのが鍵探し」

マサムネの言葉に全員がはっとする。マサムネが続けた。

「願いが叶う鍵っていうのが、ちょっと暗示的な気がしたんだ。その鍵を探しだせた奴の世界だけが残って、残りの世界が消失する――ここって、そういうゲームの場だったんじゃないかって」

「その一人の世界以外は、消えちゃうの？」

消える、なんてあまりに現実感がなくて、まだ半信半疑だ。

鏡の向こうに戻れば待っているこころの家。お母さん、お父さん。好きじゃないけれど、学校。真田美織や東条さんのいる現実の教室。

あそこがみんな消えるなんて。

嫌だ、とは思う。けれど、咄嗟に胸に湧き起こった感覚があって、こころは自分でも意外に思う。

――それもいいのかもしれない、と、こころは思った。

消えてしまうなら。それでも、いいのかもしれない。

だって、こころは学校にもう戻れる気がしない。違う学校に自分が通うところもうまく想像できない。

だったら全部終わりでも、いいのかもしれない。

一月に学校に行ったあの日まで、こころの胸には、この子たちと外の世界で会える可能性が灯《とも》っていた。その小さな明かりのような可能性が、何をしていてもこころを温めて照らしてくれていたのだと、今になって認められる。

外の世界で会えないことがわかり、「助け合えない」事実を突きつけられると、こころの現実は、もうどっちを向いていいかわからない。みんなの存在がどこかにあることは、真っ暗い海みたいなこころの胸を照らしてくれる灯台の光みたいなものだった。

自分の世界が消える話を、みんながこころのように聞いたのか――どう聞いたのかはわからない。

ただ、みんなが戸惑っていることだけは共通のようだった。探しても見つからない〝願いの鍵〟のことを、こころはひさしぶりに思い出す。するとマサムネの話がぐっと真実味を増してくる。

鍵を探せた一人以外の世界が消える――。

「〝オオカミさま〟は、〝願いの鍵〟で願いを叶えたら、オレたち全員の記憶が消えるって言ってたよな？　だけど、鍵が見つからず、願いを叶えないままなら、記憶はそのまま。オレたちは城の入り口が閉まっても、ここでのことを忘れずにいる」

「うん」

「それも、そういうことなんじゃないか？〝願いの鍵〟を見つけたら、そいつの世界以外の世界は消失して淘汰されるけど、鍵が見つからないならそのまま。七人分、残ったままになる。あるいは、全員の世界が消える。〝オオカミさま〟はこれまでも、そういうことをここで繰り返してきた。オレたち以外の奴らの世界を淘汰するためにここにいる」

「――確かに」

スバルが頷く。

こころも同じ気持ちだった。〝オオカミさま〟の言葉と、マサムネの言葉の意味がぴたりと符合して聞こえる。

「……だったら、〝願いの鍵〟はやっぱり見つけないままの方がいいって、そういうことだよね？」

フウカが言った。

「見つけたり、願いを叶えるとみんなが消えるなら、絶対にその方がいい。それに……」

フウカの目が微かに悲しそうになった。

「〝外〟で会えないなら、なおさらその方がいい。私たち、ここ以外ではもう二度と会えないってことだよね？」

言葉にされると、全員がはっとなる。フウカが目を伏せた。「もう、二月だよ」と。

「ここで会えるのは、来月の終わりまで。もう二ヵ月ない。みんなに会ったことを覚えてるしか、私たちに残るものって何もないんだよね？　——だったら覚えていたいよ」

フウカの声が、静かな輪の真ん中に落ちた。

前に、記憶が消えることを巡って「別にいい」と言ったアキも、今日は何も言わなかった。改めて言葉にされて突きつけられると、こころも泣き出したいような気持ちになってくる。

私たちに残るのはこの記憶だけ。

——助け合えない。

「でもさ、世界が消えないならいいけど、さっきマサムネが言ったみたいにもし、全員の世界が消えるんだったらどうする？」

スバルが言って、こころははっとする。フウカも——みんなも息を吞む気配があった。

「誰も鍵を見つけなかった場合には、全員分の世界が消滅する。もしそうだったら、僕たち、逃げ場がないよ。だったら鍵を探して、せめて一人分の世界を残す方がいい」

「そういうのも全部、そろそろ直接聞くべきなんじゃない？」

リオンが言った。全員が「え？」と顔を上げると、リオンが「聞いてるんだろ？」と天井に向かって呼びかけた。それから、誰もいない部屋の向こうの廊下に向かって声を投げる。

「今の話も全部聞いてたんだろ？〝オオカミさま〟、出て来いよ」

「——騒々《そうぞう》しいな」

見えない力で空気がかき混ぜられたように——小さな竜巻のような風を、頬に感じた。

ふんわりとしたその宙の捩《ね》じれの隙間から、狼面の少女が現れる。

たっぷりとしたフリルのついたドレス姿は、今日もそのままだった。

狼面の表情はいつもと変わらないはずなのに、お面の狼の無表情が今日は少しうすら寒い。赤いエナメルの靴は新品同様にピカピカだ。

「聞いてたんだろ？　今のマサムネの話」

「――まあ、聞いていなかったこともない」

いつものはぐらかす調子で〝オオカミさま〟が言う。マサムネが「そうなんだろ！」と声を荒《あら》らげた。

「そういうことなんだろ。パラレルワールドからオレたちを集めて、世界を淘汰する。お前はそのためにいる門番みたいなもんなんだろ」

マサムネの声に、〝オオカミさま〟の顔がそっちを向く。お面のせいでどんな表情をしているのかはわからないけれど、マサムネを見つめる。

マサムネが〝オオカミさま〟を追い込んだ――ように見えた。追い詰められた〝オオカミさま〟が真実を語るのを全員が固唾《かたず》を呑んで見守る。しかし、その時だった。

「全然、違う」

〝オオカミさま〟があっさりと首を振った。

マサムネの顔に走っていた緊張が、肩透かしを食ったように抜ける。表情を固め、は？　と呟く。

〝オオカミさま〟が退屈そうに髪をかき上げる。

「よくもまあ、そんなたいそうな設定を思いついてとうとうと語れるもんだと思いながら聞いていた。ご苦労なことだが、残念ながら、それはお前の想像に過ぎない。私は最初から言っているだろう。ここは鏡の城。お前たちの願いが叶う、鍵探しの場所。ただ、それだけ。世界を残すとか淘汰するとか、そんなことはまったくない」

「――嘘つけ。だったら、どうして、オレたちは唯一ここでだけ会えるんだよ？」

マサムネの顔が険しくなる。

「じゃあ、淘汰云々はいいよ。違うってことにしてやってもいい。お前が認めないっていうなら」

吐き捨てるように言って、〝オオカミさま〟に向き直る。

「だけど、パラレルワールドはどう考えたってそうだろ？　それぞれ現実が違って〝外〟の世界で会えない以上、他になんの必要があってオレたちは集められたんだよ。世界を淘汰する以外にどんな理由があるんだよ」

「――〝外で会えない〟、か。私はそんなことを言った覚えはないが」

〝オオカミさま〟が軽い口調で、欠伸《あくび》でもしそうな雰囲気で言う。その声を聞いて、今度はこころたち全員に衝撃が走った。

「会えるの？」

聞いたのはウレシノだった。〝オオカミさま〟がどうだっていいように、おざなりな様子に――しかし、頷いた。

「ああ。会えないこともない」

「嘘つけよ!!」

マサムネが怒鳴る。顔がもうはっきりと怒っている。

「会えなかった！」

続ける頬と耳が一瞬で真っ赤になる。

「会えなかったんだよ！　オレが頼んだのに、みんな来たのに、それでも会えなかった。それどう説明するんだよ」

マサムネの顔が泣き出しそうに歪《ゆが》む。それを見て、こころは目を閉じてしまいたくなる。男の子の泣き顔を見てしまうなんていたたまれなくて、思わず「マサムネ！」と声をかけた。もういいよ、マサムネ、と。

「そうだよ。〝オオカミさま〟。私たち、会えなかったよ」

「会えないとも、助け合えないとも私は言っていない。いい加減、自分で気づけ。考えろ。私になんでも教えてもらえると思うな。私は最初からヒントをずっと出している。鍵探しのヒントだって、充分過ぎるほど毎回出している」

〝オオカミさま〟の言葉に、みんなが黙りこくる。マサムネの息遣いがまだ荒く、こころも勢いを挫《くじ》かれた思いでただただ〝オオカミさま〟を見る。

「……ヒントって、どういうこと」

アキが聞いた。〝オオカミさま〟の顔がアキの方を見る。世界を淘汰する、というマサムネの説を聞いてしまった後だと、〝オオカミさま〟が顔を動かして誰かを見るたびに前よりずっと迫力と緊張感があった。

アキが続ける。

「ヒントを出してるって、どういう意味？」

「言った通りだ。私はずっと、お前たちにヒントを出している。鍵探しの」

〝オオカミさま〟の声は呆れても苛立ってもいない。ただいつものように淡々として聞こえた。

「意味わかんねえ。いっつもそうやってはぐらかすような話し方ばっかしやがって。だいたい、お前が一番わけわかんねえよ。オレたちのこと、迷える赤ずきんちゃんとか呼んで、そんなお面つけて。バカにしてんのかって思う」

「まあな。確かに、お前たちのことを赤ずきんちゃんと呼んではいるが、私には、時折、お前たちこそが狼のように思える。ここまで見つけられないものなのかと」

マサムネの言葉に、〝オオカミさま〟がお面の下で含み笑いをしたような気配があった。マサムネがさらに顔を引き攣《つ》らせる。

「だから、そういう話し方がどうかと思うっつってんだろ」

「何度でも言う。ここは願いが叶う鍵を探すための、鏡の城だ」

「――じゃあ、質問があるんだけど」

リオンが顔のすぐ横に、小さく手を挙げる。〝オオカミさま〟が自分を見るのを待って、続ける。

「鍵探し。それなりに意識してずっとやってた。……オレの部屋のベッドの下に×印がついてたけど、それは何か意味がある？」

え――、と全員が驚いた顔をしてリオンを見た。リオンが続ける。

「はじめ、汚れかと思ったけど、はっきりあれ、×印だと思う。個人の部屋には鍵は隠さないってことだったけど、あれ、なんだ？」

「……リオンの部屋にも、あるの？」

言ったのは、フウカだった。今度はみんながフウカを見る。フウカが大きく目を見開いて頷く。

「私の部屋の机の下にも、たぶんある。あれ、私だけの気のせいなのかと思ってた。×に見えるだけで本当は違うのかなって……」

「――お風呂にも、あるよね」

スバルが言う。それを聞いて、みんなが息を呑む。

「食堂の脇の共用スペースの、お風呂。水が出ないのに水回りがあるなんておかしいなって思って調べた時に見つけた。湯船に洗面器があって、それをずらしたら、×に見える印みたいなのがあった。単なる傷だと思ってたけど」

こころははっとする。

「それなら暖炉の中にも――」

食堂の暖炉の中に、こころはおそらくそれと同じ印を見つけた。城に来てすぐの頃に見つけて、この間も確認した。

スバルと同じだ。火を使えないこの城に、どうして暖炉があるのか気になって、中を覗き込んだ。

「食堂？」

それなら――、と強張った声が続く。

マサムネだ。

「それなら、オレも、夏くらいから気づいてた。台所にあるよな？　戸棚の中」

「そうなの？」

「ああ」

マサムネの顔がまだ硬い。けれど頷いた。

「ひょっとして、鍵が中に埋まってるとか、そういうことなのかと思って叩いたり引っ掻《か》いたり、いろいろやったけど、何も出てこなかった。だからオレも、たまたまついた傷か何かなのかと思ってた」

みんなで顔を見合わせる。黙ったままの〝オオカミさま〟の顔を見つめる。

「それもヒント？」

尋ねるアキの声に、〝オオカミさま〟がすましたように「判断はまかせる」と答えた。

「言った通りだ。私はヒントをすでに出している。後はお前たちにまかせる。願いを叶えるかどうかも含めて」

一つだけ、約束しよう――。

〝オオカミさま〟が息を吸い込み、静かに告げる。

「誰か一人が願いを叶えたからと言って、世界が消失するなんてことはない。前も言った通り、願いが叶った時点で確かにお前たちの記憶からこの城のことは消える。けれど、ただその状態でお前たちは自分たちそれぞれの現実に帰るだけ。お前たちの現実が消えるなんてことはないよ」

〝オオカミさま〟が言う。付け加える。

「よくも、悪くも」

「もう一つ、いい？」

リオンが聞いた。〝オオカミさま〟が無言に戻ってリオンの方に狼の鼻先を向ける。向き合うのを待ってリオンが正面から尋ねる。

「〝オオカミさま〟の一番好きな童話は？」

唐突な質問だった。

当の〝オオカミさま〟も、まさかそんな質問が来るとは思わなかったようだった。珍しく呆気に取られたような沈黙が一拍あってから、「聞くまでもないだろう」と彼女が言った。

「私のこの顔を見ればわかるだろう？　〝赤ずきんちゃん〟」

「――わかった」

どうしてリオンがそんなことを聞いたのか、まったくわからなかった。ただ〝オオカミさま〟の意表をついてみたかっただけのようにも思える。

「他には何かないか」

〝オオカミさま〟が全員に聞く。

聞かなければならないことが、山のようにある気がした。けれど、何をどう聞けばいいのかわからない。外の世界で会える会えないということにしたって、はぐらかすような今の答えでは何もわからない。

「ちょっと待てよ」

マサムネが言うが、そのマサムネでさえ、何を聞けばいいのかわかっていないように見えた。自分の仮説をぶつけることはできるけれど、否定されてしまった以上、取りつく島がないのは明らかだ。

「聞きたいことがたまったら、また呼べ」

〝オオカミさま〟が突き放すように告げる。そして——消えた。

残されたこころたちは、皆、互いの顔を見た。

「〝お前たちは自分たちそれぞれの現実に帰るだけ〟って、言ったね、今、あの子」

「え？」

スバルが言って、みんながスバルを見る。大人びて飄々とした彼が〝オオカミさま〟を「あの子」と呼ぶのが、彼だからこそ違和感なく聞こえる。

スバルがマサムネを見た。

「——世界は消えないし、淘汰されない。パラレルワールドのこと自体ははぐらかしたけど、少なくとも、〝オオカミさま〟は僕らに対して〝それぞれの現実〟って言葉を使った。……そこに何か意味はあるんだと思う。会えるようなことを言ってたけど、実際問題、僕らは、生きてる世界、違いそうだし」

街の様子も、店の名前も違う。いつが始業式なのかも違えば、クラス数も違う。

スバルの言う通りだ。こころたちは生きている世界がそれぞれ違う。

「——それぞれの鏡の向こうに、違う世界の人間は入れないんだよね。前に、ウレシノがこころちゃんの家に行こうとして失敗してたもんね」

「そんなすっごい過去の話出すなよ。いつの話だよ、それ！　冗談じゃない」

ウレシノがむきになって言うが、こころの方こそ冗談じゃないと思う。人のプライベート空間をなんだと思っているんだ。

しかし、今冷静になって考えてみると、改めて、そうなのだ、と思う。あの時は、互いのプライバシーを尊重して、お互いの鏡の向こうには行けないバリアみたいなものを〝オオカミさま〟が張ってくれたのだろうくらいに思っていたけれど、あれも、違う世界の住人が他の世界に行かないための予防線だったのかもしれない。そう考えると辻褄が合う。

「ああ、そういえばそっか。じゃあ、私が他の世界に逃げこんだりするのは無理なわけね」

アキがひとり言のように言う。それを聞きながら、こころも少し残念に思う。自分の世界に彼らがいてくれたらどれだけいいだろう――とまた考える。鏡を通って、誰かを自分の学校につれていく。そんなことができたら……と。

たとえば、夢見る時がある。

転入生がやってきて、みんなその子と友達になりたがる。

だけどその子は、たくさんいるクラスメートの中に私がいることに気づいて、その顔にお日様みたいな眩《まぶ》しく、優しい微笑みをふわーっと浮かべる。私に近づき、「こころちゃん、ひさしぶり！」と挨拶をする。

周りの子がみんな息を呑む中、「前から知ってるの。ね？」と私に目配せをする。

みんなの知らないところで、私たちは、もう、友達。

私に特別なことが何にもなくても、私が運動神経が特別よくなくても、頭がよくなくても、私に、みんなが羨ましがるような長所が、本当に、何にもなくても。

ただ、みんなより先にその子と知り合う機会があって、すでに仲良くなっていたという絆《きずな》だけで、私はその子の一番の仲良しに選んでもらえる。

トイレに行く時も、教室移動も、休み時間も。

だからもう、私は一人じゃない。

真田さんのグループが、その子とどれだけ仲良くしたがっても。その子は、「私はこころちゃんといる」と、私の方を選んでくれる。

そんな奇跡が起きたらいいと、ずっと、願っている。

そんな奇跡が起きないことは、知っている。

今回も、起きなかった。

「――それを願えばいいんじゃない？」

フウカの声がして、はっとする。アキとこころの「え？」という声が揃う。フウカが続けた。

「だから、〝願いの鍵〟で。みんなの世界を一緒にしてくださいって」

「あ……」

全員がぽかんとした表情を浮かべる。少しして、じわじわ心にその思いつきが沁み込んでいく。そうか、と思い当たる。

会えないこともない、と言った、〝オオカミさま〟の声を思い出す。

「そっか……。〝願いの鍵〟で、みんなを一緒の世界にしてもらうことが、たぶんできるんだ……」

「うん。そしたら、外の世界でもみんなと会える。〝オオカミさま〟が言った、『会えないこともない』ってそういう意味なんじゃない？」

「でもその場合は願いを叶えてるわけだから、私たちはみんな記憶は失ってるんだよね？　お互いのこと知らなかったら、同じ世界になっても意味なくない？」

「うーん、だから、そこは、『記憶を残したまま、同じ世界にしてください』って頼むとか……。そういう願い方をしてもＯＫなのかどうかはわからないけど、次会った時に聞いてみようよ」

記憶を失ってしまった状態になっている、という含みを持ったうえで、だから〝オオカミさま〟は〝会えないこともない〟なんていうもってまわった言い方をしたのかもしれない。一度その考えに行きつくと、どんどんそんな気がしてくる。

「――だけど、鍵自体が見つからない以上、所詮は可能性の話だけど」

フウカがマサムネを見る。さっきまで勢いよくいろんなことを説明していたマサムネは、〝オオカミさま〟に自分の説を否定されたことで、急に小さくなってしまったように見えた。

「マサムネ」

そのマサムネに、ウレシノが話しかける。マサムネがのろのろと顔を上げる。

「なんだよ」という声は小さな呟きになっていた。

「マサムネが、また来て、よかった」

ウレシノが言った。その声にマサムネが目をぱちぱち、瞬きした。ミツバチが羽をこすり合わせるみたいな瞬きだった。

ウレシノが笑顔になる。

「もう、ずっと来ないかと思った。このままお別れだったら嫌だと思ってたから、だから、よかった」

えへへ、とウレシノが笑う。

「ほら、僕、二学期の最初さ。気まずいなーって思いながら、城に来たら、マサムネが『お疲れ』って言ってくれたことあって、だから、マサムネが次来たら、ちゃんと言おうと思ってたんだ。マサムネ、お疲れ」

マサムネの顔が固まっている。頬と耳を真っ赤にしたまま、何かをこらえるように、目を開けたままでいる。まるで、次に瞬きした時にそこから何かがこぼれ落ちてしまうから、それをこらえているかのようだ。

「……どうだったの？　大丈夫だった？」

スバルが聞いた。「学校、転校しなきゃダメそう？」と。

「……とりあえず、三学期の間は大丈夫。始業式、ちゃんと、行ったから」

マサムネがまだ硬い声で答えた。ぶっきらぼうに目を伏せる。

「――お前らには会えなかったし、会いたくなかったクラスメートたちにも、うっかり会う羽目になったけど。だけど……大丈夫」

「そっか」

再び、長い沈黙が落ちた。

すると、マサムネが顔を上げた。短く切った前髪の下の瞳が、まだ、下を向いていた。そのまま言う。

「――ホラマサ……って、呼ばれてんだ。オレ」

「え？」

「ほらまさ。ホラを……嘘をつく、マサムネだから」

なぜ急にマサムネがそんな話を始めたのか、わからなかった。けれど、真剣に、震える声で目を伏せて語るマサムネを見ていたら、目が逸らせなかった。マサムネが早口に、気まずそうにそそくさと告げる。

「……お前たちに、このゲーム、作ったの、オレの友達だって言ったこと、あったよな。あれ、嘘。ごめん」

マサムネの目が、床に散らばるゲームを見る。彼の目がどれを見ているのか、ここにはわからなかった。もうあまり深く気に留めていなかったし、それはみんなもそうだろう。

けれど、マサムネが今それを言わなければならなかった気持ちの方は、なんとなく理解できた。こころたちにはもうどうだっていいことだけど、マサムネにとってはそうじゃない。〝マサムネの現実〟の中で、その嘘は大事件なのだ。どうして学校に行かなくなったのかの最初の原因だって、その嘘と無関係ではないのかもしれない。

「わかったよ」

アキが言った。

普段、反発し合ったりすることの多い彼女がそう言ったことで、それが全員の気持ちを代表した言葉だとマサムネにも伝わったようだった。マサムネの目から緊張が抜ける。

「ごめん」

もう一度、マサムネが謝った。

「本当に、ごめん」

自分たちがパラレルワールドの住人同士であることを一度呑み込んでしまうと、残念は残念だけど、みんなとの時間は、それはそれで過ごしやすくなった。

みんな、諦めたからだ。

三月の――、来月の終わりには本当に別れてしまう。

時間の重みがより増したことで、こころも残りの城の日々を大事に過ごそうと思えるようになっていた。

⚜

鍵探しをしよう、という空気は、本格的に全員の中で薄くなっていた。フウカの言う通り、「みんなの世界を一つにしてください」と願うのも確かにいいかもしれないけれど、ここでの記憶が失われてしまうのはやはり抵抗がある。

鍵が見つかる気配も、相変わらずまったくない。

しかしそれでも、「この城のどこかにある」と言われている以上は気になる。

二月の最終日。

みんなで〝ゲームの間〟にいると、自分の部屋から戻ってきたアキが「あ、そういえば――」と話しかけてきた。

「前に言ってた×印、私も自分の部屋で見つけた。クローゼットの中」

「あ！　そうなの？」

こころが声を上げる。そして尋ねた。

「っていうか、アキちゃんの部屋、クローゼットがあるんだ……」

「え？　こころの部屋はないの？」

「うん。机とベッドと、あとは本棚だけ」

「へえ、本棚あるの？」

「うん。英語とかドイツ語とかの本ばっかりで、日本語の本は一つもないから全然読めないけど」

「ドイツ語！　こころ読めるの？」

「読めないよ。だけど、グリム童話ってドイツの本だから」

前にこんな説明をフウカ相手にした気がする。あの時は確か、アンデルセンについてだったけど。

フウカの部屋にはピアノがあったはずだし、それぞれ、部屋の様子が各自に合ったものになっているのかもしれないな、と思う。

「クローゼットがあるの、おしゃれなアキちゃんっぽいね」と言うと、アキは意外にも「そう？」とクールな様子だった。あまり喜んでいるようには見えない。

「ほんと、あの×印なんなんだろ。なんか意味あるの？　鍵は不公平にならないように個人の部屋の中にはないって話だったけど、他の子の部屋にもあの×、まだあるのかな……」

「探せばきっともっと出てくるんじゃないかな。今いくつだっけ、暖炉の中と、リオンのベッドの下と、アキちゃんのクローゼットの中と……」

　確か、台所とお風呂場にもあったと言っていた。そらんじるこころの前でアキが「ねえ」と話しかけてくる。

「──別に願いってさ、叶えちゃってもいいんだよね。もし、鍵が見つかったら」

「え？」

「記憶が消えるの嫌だとか、私たち、いろいろ話したけど、もし鍵が見つかったなら、その時はその時だよね。願い、叶えてもいいよね？」

「鍵が見つかったってこと？」

　当惑気味にこころが尋ねる。アキはひょっとしてもう見つけたのか。だから、どこからも鍵が出てこないんじゃないか——、そう思いかけたこころに、アキが「あはは」と笑って、首を振る。

「違う違う。もしもの話。でもいいよね？　記憶は全員から消えるかもしれないけど、鍵探しは私たちそれぞれの権利だもんね。その時には抜け駆けなんて、みんな思わないよね？」

咄嗟に言葉が出てこないこころたちに向け、アキが「だってさ」と大袈裟なため息をつく。

「どうせ、外の世界で会えないなら、三月が終わってからも、私たちに残るのって所詮記憶だけなんだよ？　むなしくない？　記憶なんて何の役にも立たないし。だったら一人だけでも願いが叶った方がいいんじゃない？」

「……私は、嫌だけど。ここのこと忘れるの」

フウカが言う。途端にアキの顔から拭ったように笑みが消えた。

「いいじゃない、もしもの話なんだから」

あれだけ話し合ったのに、アキがなぜ急にそんなことを言いだしたのか、こころにはわからなかった。アキはそのまま、「もし他にも×印、見つかったら教えて」とだけ言って、自分の部屋に行ってしまう。

こころたちは皆、茫然としながらその後ろ姿を見送った。

「……問題児って感じだよなぁ。アキちゃんって、最後まで」

アキの姿が完全に見えなくなってから、スバルが言った。その涼し気な声を聞いて、こころの腕にちりっと鳥肌が立つ。嫌な感じがした。

「――その言い方は、ちょっとどうかと思う」

思わず言ってしまう。スバルがきょとんとした顔をして、こころを見た。

「問題児なんて言わないでよ。なんか、やだよ」

嫌な感じの原因は、そこだけではなかった。それはスバルが「最後まで」と言ったことだ。自分たちがここで会える時間の終わりが近づいている。それを否応《いやおう》なしに突きつけられたことがつらい。

どんな顔をしていいかわからず、こころも黙って自分の部屋に向かう。城に来る時は〝ゲームの間〟でみんなと会っていることが多いから、城の中の自分の部屋に入るのはひさしぶりだ。

ベッドの上に寝ころんで、天井を見上げる。

そうしながら、自分はどうなんだろうか、と考えた。

アキが言っていたみたいに、〝願いの鍵〟がもし見つかったら、今のこころは何を願うだろう。真田美織を消したい──、ずっとそう願ってきたけれど、それだけで、こころは自分の現実に帰れるのだろうか。あの子に何かをされる前の時間に。

トントン、と部屋のドアがノックされる音がした。

「あ……。はい？」

「僕だけど」

スバルの声だった。自分が今しがた彼にきついことを言ってしまったことを思い、こころの心臓が鼓動を跳ね上げる。「はい？」と上ずった声を出して、あわててドアを開け、廊下に出た。

スバルは一人だった。

ひょろっと背が高い彼の髪の根元がだいぶ黒くなっている。もともと知り合いでなければ、不良みたいなこの外見のスバルには到底近づけなかったろう、と改めて思う。

「さっきはごめん。問題児なんてよくなかったよね。──僕、自分が昔そう言われて嫌だったこと忘れてた」

「あ」

素直な声を聞いて、こころは拍子抜けする。スバルがまた謝る。

「ごめん。こころちゃんが言ってくれてよかった。今、アキちゃんにも謝ってきたよ」

「え！　そんなの別に、アキには聞こえてなかったからいいんじゃ……」

「うん。でも言っちゃったのは事実だから」

そういうところもスバルらしいズレ方だ。誠実なんだけど、ぶれなすぎるというか。

「アキ、どう言ってた？」

「呆れてた。今のこころちゃんと同じ。聞こえなかったから黙ってたらいいのに、損な性格だって言われた。聞きたくなかったって」

「……なんか、スバルらしい」

アキも謝られて嫌な気持ちはしなかったのだろう。第一、こころはスバルに注意してしまったけれど、アキに〝問題児〟の一面があるのは事実だ。本人だってそれは自覚しているはずだ。

「ありがとう。こころちゃん。もう今日で二月も終わりだし、嫌な気持ちになるのは僕も嫌だったから」

スバルがもう一度、にこにこしながら言う。

ぶれなすぎる、確かに損な性格かもしれないけれど、この子のこういうところはやっぱり好きだな、とこころも思う。

残り、ひと月。
お別れの月が、始まる。

三月

三月一日。

城に行くと、アキとフウカが先に来ていた。珍しく、二人でマサムネのゲームを借りてやっている。

「ちょっと、フウカ、うますぎじゃない？　ちょっと手加減してよ」

「だって、これは勝負だから」

昨日、「願いを叶える・叶えない」、「残るのが記憶だけなんてむなしい・むなしくない」のやり取りをして気まずくなっていたはずの二人の息が今日は妙にあっている。

「フウカ、昨日のさ――」と話すアキの口調が少し弾んでいる気がして、こころは何となく入りにくいものを感じる。昨日、二人が仲直りできるような、そんなふうに話せる時間があっただろうか。ただ、スバルが素直にアキに謝りに行ったせいもあって、アキのご機嫌がいいのかもしれない。

お別れの月は、そんなふうにして始まった。

そろそろ学校では三学期も終わって、春休みに入る頃のはずだった。学年が変わるから、こころが学校に置きっぱなしにしていた上履きや座布団を、伊田先生が家に届けに来た。

届けに来た時、こころは――伊田先生と少しだけ会った。ちょうど、城から帰ってきたばかりだった。

お母さんは仕事からまだ帰ってきていなかった。先生に会うことになったのは嫌だったけれど、城に行っている時でなくてよかった。伊田先生に不在を見咎められたら、こころはもう本当に何一つ、言い訳ですらこの人に対しては口にしたくなかった。

真田美織の手紙のことは、まだ怒っている。怒っていることを、喜多嶋先生も伊田先生に伝えたはずだった。だから、先生から謝られるんじゃないか――そんなふうに思っていたのに、伊田先生は、玄関先に出てきたこころを見て、「あ」と声に出した。

ただ、それだけで、すぐに、いつもの〝いい先生〟みたいな顔になって、「こころ、元気か」と聞いた。

怒るよりも悲しむよりも——呆れるような気持ちになって、こころは先生に会《え》釈《しゃく》だけした。

伊田先生が少し気まずそうに見えたのは、こころの気のせいではないと思う。

「みんな、四月からも学校で待ってるからな」

上履きと座布団を置いて、そう言った。

この先生が本当にそう思っているとは思えなかった。先生はただ、「不登校の子の家に行った」という事実を作るために来ただけで、実際こころがどうするかにも興味はないのかもしれない。来たら来たでクラスの問題が減って嬉しいかもしれないけれど、来ないなら来ないで構わない。そんなふうに思っていそうだ。

どうせ、クラスもう替わる。伊田先生はこころの担任ではなくなる。

春からの学校は、希望すれば、留年することも可能らしい。けれど、こころはそれだけは嫌だった。そんなことをすれば、こころは本格的に周りから浮いてしまう。これまでの同級生たちと、ひとつ年下の子たち。その両方からどんな目で見られるか、想像するだけで怖い。

だからこころは来年からも真田さんや東条さんと同じ学年のまま、進級することになる。

「じゃあな、こころ」

「――はい」

頷くこころの前で、先生が何か言いたげにこころを見た。こころも何か言わなければならない気がしたけれど――何を言えばいいのかわからなかった。

こころが先生の気持ちや考えがまるきりわからないように、先生も、こころの気持ちや考えなんてまったくわからないのだろう。

すると、その時だった。

先生が言った。

「気が向いたらでいいけど、返事、書いてみないか」

「え？」

「真田からの、手紙の」

名前を聞いた瞬間、気が遠くなった。がっかりを通り越して、生まれて初めて、誰かに幻滅《げんめつ》する、という感覚があった。こころは必死にその衝動に耐える。泣き出して暴れて、先生に飛びかかりたくなる。おなかに手をあてて、じっと、その気持ちに耐える。

あまりに怒って、がっかりして、次に口をきいたら気持ちがそのまま言葉に出そうで黙っていると、先生が――ため息をついた。大袈裟なほど、大きな。

「バカにされてる気がするって、真田、気にしてたぞ」

短く息を吸い込み、そのまま――止めた。信じられないものを見る思いで先生の顔を見る。

「真田なりに一生懸命書いたみたいだから。ちょっと考えてみてくれな」

先生が玄関を出ていく。ドアの閉まるその音を聞きながら、こころは外からの光が消えた玄関の中で茫然と立ちすくんでいた。

言葉が通じないのは――、子どもだからとか、大人だからとか関係ないのだ。

あの手紙を読んで、こころは相手に言葉が通じないことを圧倒的に思い知った。だけどそれは、あの子に限ったことじゃない。喜多嶋先生が「あれはない」と言ってくれたのに、おそらくは、伊田先生にもそう伝えただろうに、それでも伊田先生の中ではそう言われることこそがお門違いでピンとこないのだ。自分がやったことを正しいと信じて、疑っていない。

彼らの世界で、悪いのはこころ。

どれだけこころの立場が弱くても、弱いからこそ、強い人たちは何も後ろ暗いところがないから、堂々とこころを責める。学校にも来ないし、先生に意見も言わない人間は何を考えてるかわからない、理解しなくていい存在だから。

バカにされてる気がする——、という真田美織が使った言葉が、こころの頭の真ん中を、ぐらぐら揺らす。

当たり前じゃないか——と思う。

あんな、自分の恋愛のことだけで頭がいっぱいな子、バカみたいに思って当然じゃないか。レベル低く思って、当然じゃないか。

泣き出してしまいたいのに、そうできたら楽だと思うのに、彼らの頭の悪い論理に振り回されるのが癪《しゃく》で、涙も出てこなかった。悔しくて壁を何度も殴る。固めた拳が、そうした分だけじんじん痛んだ。

私はあの子に時間を奪われたんだ、と思う。

学校に行けるはずだった時間。部活に入って、授業を受ける時間。

うーっと短い息が出て、歯を食いしばる。なんであんな人たちが、自分たちが世界の中心みたいな顔をしてずっと学校の真ん中にいるんだろうと思うと、髪をかきむしりたくなってくる。

どれくらい、そうしていただろう。

玄関の向こうで、カタン、という音が、ふいに聞こえた。

その音にこころはびくっとなる。先生はもうとっくに行ってしまっただろうから、先生じゃない。郵便配達のバイクの音もしなかった。――おそらく、東条さんだ。彼女が三学期最後のお便りを届けに来たのかもしれない。

音が聞こえても数分は、そのまま待った。出ていって、東条さんと会うことになったら気まずいから。ああ、どうせ来るんだったら、先生も今日くらいは自分でお便りを持ってきて、東条さんになんか頼まなければよかったのに――。

外に出ると、門の前にもポストの周りにも、誰もいなかった。そのことにほっとしながら、こころは郵便ポストを開く。すると、二つ折りにされた学年だよりやお知らせのプリントに交じって、見慣れないものが入っていた。手紙のようだ。

宛名には、「安西こころさま」と書かれてる。白い封筒が見えた瞬間、こころは身構えた。真田美織の手紙と、少し似た雰囲気だったから。

けれど、違った。裏面に――「東条萌」とあった。

手紙を手に、こころは思わず顔を上げる。二軒先の、東条さんの家の方向に咄嗟に目をやってしまうけれど、家は静かに佇《たたず》むだけで、中に人がいるかどうかもわからなかった。

家の中に戻って、玄関のドアを背に、封筒を開く。手紙を開く手がもどかしかった。

手紙の中には、たった一言が書かれていた。

『こころちゃんへ

ごめんね。

萌より』

ただそれだけだった。

こころの目が繰り返し繰り返し、目で、内容を追いかける。ごめんね、と書いてある文字もだけど、一番は、呼び名のところだ。

『こころちゃんへ』

四月、仲良くなったばかりの頃に呼んでくれた声が、耳に蘇《よみがえ》る。こころちゃん、は懐かしい響きだった。

東条さんが何を謝っているのか、どんなつもりでこの手紙を書いたのか、わからない。けれど、誰かに頼まれたわけではなく、彼女自身がきっと書いた。そのことだけは、この一言から伝わる。

手紙を封筒にしまう。唇を嚙みしめ、こころは目を閉じた。

⚜

「あのさ」

次の日、城に行くと、マサムネが話しかけてきた。みんなが彼を見る。すると、マサムネが気まずそうに「オレ、学校、かわる」と告げた。

みんな黙って、マサムネを見た。「見学に行ってきた」と彼が続ける。

「──通学、一時間くらいかかるけど、親父の知り合いのとこの子も通ってる、私立の中学。編入試験っていうの受けて、昨日結果出た。合格だって」

「そうなんだ」

何気ない口調でみんな言うが、どことなく場に緊張感が漂う。四月からの――もう来月のことだ。

マサムネが新しい環境で学校に戻ろうと決めたなら、それはいいことだと思う。しかし、誰かが新しいことを始めようとしている、と思うと、どうしようもなく焦りが胸を押す。マサムネが悪いわけではないけれど、苦しくなってしまう。

「マサムネはそれでいいの？」

スバルが聞いた。マサムネが少し気まずそうに、ゆっくりスバルを見る。スバルが続けた。

「前は転校、嫌がってたよね。今度は納得したの？」

「……ああ。見学に行って、試験受けて、あっちの先生たちともいろいろ話して。……新しいとこ、そんなに悪い感じでもなかった。三学期からじゃなくて、四月からなのも気が楽だし」

「そっか」

「――実は、僕も、学校、かわるかも」

ウレシノが言う。全員の目が今度はウレシノを見る。「ママと話して」と彼が続けた。

「パパは、仕事があるから残るけど、僕とママだけで、どっか海外とかに留学するのもいいかもって。……すぐにじゃないけど、ママが調べるって」

ウレシノの目がおどおど、リオンを見た。

「そうしてる同い年の子がいるって話したら、リオンみたいに一人で行かすのは心配だけど、一緒に行くんだったら海外はありかもって、ママが」

ウレシノの家は、すぐにそう決断できるくらいお金持ちなのかもしれない。ここ ろには驚きの発想だが、確かに海外まで行けば環境は劇的に変わるだろう。

「自分がするかもって考えたら、同じ年で一人で寮に入ってるリオンはすごいなって改めて思ったよ。ママも、その子の親はよく決断したわねって言ってた。自分だったらなかなかできないって」

「そんなすごい決意とかでうちの親もやったんじゃないと思うけど……」

リオンが言う。

「だけど、嬉しいな。ハワイ来るの？　それとも違う国？　ヨーロッパとか。ハワイだったら嬉しいけど、でも、まあ、来ても一緒に遊べるわけじゃないのか」

「うん。僕も一瞬、ハワイに行けばリオンに会えるのになって思いかけた。会えないのにね」

「そうだな。だけど、オレもハワイは——」

リオンが何かを言いかけた。ウレシノが「何？」と尋ねる。リオンは少し考えるように息を吸い、それからゆっくり首を振った。

「なんでもない。ウレシノ、もし本当に海外行くなら、英語とか、現地の言葉だけはちゃんとやっといた方がいいよ」

リオンがちょっと笑う。

「オレ、準備ぼろぼろだったから、こっち来てから結構大変だった」

「わかった。ほんと、リオンがもしいるなら同じ学校に留学したいんだけどな。サッカーは、僕、できないかもだけど……。でも海外の学校ってほとんどが九月始まりなんだね。世界の標準がそうなのに、日本って、そういうとこでも世界から遅れてるんじゃない」

ウレシノが不服そうに言うのが、どこかマサムネみたいだと思った。その声に当のマサムネが「そうかもしれないけど、どうしようもないだろ」と返す。

「世界の標準がどうだろうと、オレたちがいなきゃいけないのは日本の現実なんだから」

「まあ……そうか」

そんな男子たちのやり取りを眺めていると、急に後ろから、がしっと肩を摑まれた。

「――へえ。親がいろいろ考えてくれてる家はすごいよね。うちらの親とは違うね、こころ」

急にアキが言って、こころは「え？」と虚《きょ》を突かれる。

四月からのことを、こころは確かに両親とまだしっかり話していない。しかし、アキにそんなふうに同意を求められると、心の中がじゃりっとする。

うちのお母さんは、何も考えていないわけではないはずだ。喜多嶋先生と話して、こころに転校したいかどうかも聞いてくれた。今、すぐにその話をしないのは、こころの気持ちを尊重してくれているからだろう。

けれど、アキの家がどんなふうかわからなくて、それらをすべて伝えるのは憚《はばか》られた。

アキとスバルは、中学三年生だ。

高校受験をしなかったのだろうか。そのことも、こころは二人に聞けていない。

こころから相槌《あいづち》が返ってこなかったことで、アキが不機嫌そうに「こころ？」と顔を覗き込む。こころがなおも何も言えないでいると、ふーっと大袈裟なため息を漏らし、「うちら、来月から留年だもんね」と今度はスバルに話しかけた。

その言葉に、こころは驚いてしまう。

「留年、するの？」

「うん。私は卒業しちゃってもよかったんだけど、おばあちゃんの知り合いだった変なおばさんがいてさ、この子は学校、あと一年いなきゃダメだって強引に学校と話しちゃって。私はどうだってよかったんだけど、まあ、高校のこともなんにも考えてなかったし、いいかって現状維持」

「それ、同じ学校の中で留年するの？　隣の学校に移るとか、そういうことじゃなくて？」

学校をかわりたいかどうか、こころもお母さんに聞かれた。同じ学校の中で留年するのでは、アキの事情はみんなに知られてしまっているだろう。こころだったら、そんな気まずさの中で学校に通うなんて考えられない。一年残ったところで、結局同じことの繰り返しではないのか。

「隣の学校に入れてもらうって四中とかってこと？　そっちの方が絶対無理でしょ？　今の学校のままだよ」

そんな選択もあるのか——とこころが思っていたその時。

「あ、僕、高校行くよ」と、声がした。

スバルの声だった。

アキもこころも——、それに他のみんなも、黙ったままスバルを見た。全員が目を見開いている。スバルはいたっていつもの調子のままだ。「言わなかったっけ？」と彼が言う。

「入学試験、先月受けたよ。南東京工業高校の定時制、受かった」

市内にある、公立の工業高校の名前だ。定時制、という言葉は聞いたことがある。昼間ではなく、夜の時間に通う学校。働きながら高校に通う人たちとか、いろんな事情がある人たちのために、いくつかの高校にはそんなふうに昼の部と夜の部がある。けれど、近くにある南東京の工業高校にもその仕組みがあるなんて知らなかった。

こころは驚いてしまう。スバルからは受験勉強している雰囲気を感じたことがない。

「——そんな話……、してた？」

「してなかったっけ？」

「勉強、してたの？」

「したよ。試験受ける前にそれなりに。前に秋葉原で電化製品の修理屋のおじさんに会って、その人に聞いたんだ。こういうことに興味あるなら、工業高校はそういう授業ばっかだぞって」

スバルがアキを見る。アキの顔がみるみる——真っ赤になった。

その気持ちが、こころには痛いほどわかった。

スバルが悪いわけじゃない。けれど、わかる。焦るし、怖い。これから自分がどうなるか、いつまでこのままかわからないのに、前に進んでいる人を見ると、ただそれだけで無性に胸が苦しくなる。

傍《はた》で見ていたこころでさえ、スバルの今の言い方は裏切りに思えた。勉強していたなら、どうしてアキに伝えなかったのか。お互い中三で、進路についてはこの中で一番微妙な時期だったはずなのに。

城の中では勉強している素振りさえ見せなかったのに、じゃあ、家でやっていたのか。それは、抜け駆けじゃないか——。

アキが今にも激しい言葉でそう責めるところが想像できた。しかし——。

「そうなんだ」

アキが言った。意外にも静かで、感情が見えない声だった。

「最後の日は、全員で会えるのかな？」

フウカが聞いた。

「三月、三十日。三十一日じゃなくて、三十日なんだよね？　最後の日は、この世界のメンテナンス日。〝オオカミさま〟、確かそう言ってたよね？」

「ああ」

鍵が見つからないまま、願いが叶う気配すらないまま、その時が近づいている。

けれど、こころは誰の願いも叶わないなら、もうそれでいいと思っていた。

五月からの学校に行かない日々は、この城の存在がなかったら到底、耐えられなかった。ここでみんなと出会えてよかった。

残るものが記憶だけ、なんてことはない。

この一年近く、ここで過ごしたこと。友達ができたことは、これから先もこころを支えてくれる。私は、友達がいないわけじゃない。この先一生、たとえ誰とも友達になれなかったとしても、私には友達がいたこともあるんだと、そう思って生きていくことができる。

それが、こころの中でどれだけ大きな自信になるか、計り知れない。

「最後の日、パーティーしようよ」

フウカが言った。

「クリスマスの時みたいに。――それから、寄せ書きしよう。みんなでノート持ってきて、それぞれ、メッセージ書き合う。元の世界に戻っても、それくらいは持っててもきっと許されるよね」

「賛成」

こころも言った。

みんながいた証《あかし》がどこかに残れば、きっと自分たちはやっていける。先のことが不安でも、それくらいは残してもらってもいい、とそう思った。

⚜

このまま自動的に、こころは中学一年生から二年生になる。

それが嫌なわけではなかった。どうせ一年生に残されても、進級せずに一人年上な自分は浮いた存在として目立ってしまう。だったら、自動的に進級してしまった方がマシだった。

「――こころ、ちょっと話があるんだけど」

三月の下旬に入った頃、お母さんがこころに話しかけてきた。

こころは、来た、と思った。

どこかで覚悟していた。アキが「うちらの親とは違うね」と言った時に反発を覚えた通り、こころのお母さんは四月を一つの区切りに考えているはずだと思っていた。

進路について話す時、こころのお母さんは、喜多嶋先生も一緒に呼んでくれていた。

「本当は、伊田先生も一緒に話したいって言ってたんだけど、それはこころちゃんが会いたいと思った時でいいから」

喜多嶋先生はそう前置きして、丁寧に、話してくれた。

隣の学区の――雪科第一中学校か、第三中学校の、どちらかを選んで、四月から通うこともできること。

市役所の人たちと相談して、特別にそうできることになったこと。

もちろん、今のまま雪科第五中学校に残ってもいい。その場合には、こころと真田美織のクラスを離すことを、学校側と何度も話して、決めてあるということ。

　その話を聞いて、こころは驚いた。喜多嶋先生は真剣な顔をして、「その約束は絶対に守ってもらう」と言った。

「真田さんとこころちゃんを違うクラスにしてもらうことは、次のクラス替えの最優先事項だよ。可能な限り努力するって学校の先生たちは言っているけど、絶対に守ってもらえるようにする」

　喜多嶋先生の声は、強くて迫力があった。頼もしかった。欲張って、つい声が出る。教室の中にいるといつもあった胸の不安が、今度も、もやもや広がっていく。

「――真田さんの、他の友達とも、違うクラスになれるんですか」

「それも可能な限り、学校に配慮してもらうように今話しているところ。同じクラスの、豊坂《とよさか》さんと、前田さん、あと、中山さんのことよね？　あとは、真田さんと同じバレーボール部の岡山さんと吉本さん」

　喜多嶋先生の口から、教えたわけではないのにこころが思った通りの名前が出てきて、その正確さにこころは涙が出そうになった。ちゃんと調べて、把握してくれている。

　こころは無言で頷いた。それから――、聞いた。

嫌なわけではないけれど、気になったから、聞いた。

「東条萌ちゃんは、どうですか」

東条さんのことが、嫌いなのか、信じられるのかどうか、こころにもわからなかった。けれど、同じクラスになるのが嫌というわけではない。他の名前が挙がった子たちに比べれば東条さんのことは遥かに信じられる。――もし、喜多嶋先生が言うように、こころと真田さんの間にあったことを伝えたのが彼女だというなら、それはなおさらだ。

頭の片隅に、この間の手紙がちらつく。

ごめんね、と一言だけ書かれた、あの手紙。

すると、先生が答えた。「東条さんは」と続ける声が、心なしか硬く聞こえた。

「東条さんはまた転校するの。今度は名古屋」

「――え」

「東条さんのお父さんが、大学の先生だってことは知ってるかな？」

こころは頷くことも、瞬きすることもできなかった。

本当は知っていた。まだ四月の、登下校も一緒にしていた頃、何度か遊びに行った東条さんのおうちには、絵本がたくさん置いてあった。海外の珍しそうな本もたくさんあって、あの頃はまだ見せてもらえた。いつか貸してくれるとさえ言われていた。

「お父さんが四月から名古屋の大学に移ることになったんだって。だから、東条さんも二年生から名古屋の学校に通うの」

「――まだここに来て一年なのに？」

「うん。東条さんは、昔から転校が多かったみたいだね」

どんな感想を持てばいいかわからなかった。ずっと気にしていた東条さんが、来月にはもうこの街にいない。二軒隣の家からいなくなる。こころに学校のおたよりやプリントも、もう持ってこない。

再び、「ごめんね」の文字が蘇る。あれをこころの家のポストに入れた時、東条さんはもう転校することが決まっていたのかもしれない。どんな気持ちで、東条さんはあの手紙を書いたのか。

「第一中学か第三中学の見学に行きたければ、いつでも言ってね。三月いっぱい、迷っていいよ。春休みの間に、興味があれば見学に行こうか」

こころの動揺をよそに、喜多嶋先生が言う。その顔がふいに、真面目に改まった感じになる。

「それとね、ひとつ、覚えておいてほしいことがあるの」

「何ですか」

「私もこころちゃんのお母さんも、こころちゃんを何が何でも学校に戻したいと思ってるわけじゃないってこと」

　こころは目を見開いた。喜多嶋先生が続ける。

「学校は、絶対に戻らなきゃいけないところってわけじゃない。今の第五中でも、隣の中学でも、こころちゃんが行きたくないと思うのなら、私たちは、他にこころちゃんがどうすればいいのか――どうしたいのか、いくらでも一緒に考えるよ。『心の教室』に来てもいいし、自宅学習って形にできるかどうかも考える。こころちゃんには選択肢がたくさんあるの」

　黙って、喜多嶋先生の横のお母さんを見る。お母さんは、喜多嶋先生とすでにそのことについて話し合った後なのかもしれない。こころと目が合うと、無言で頷き返してきた。

　その顔を見た途端――息が詰まった。

　胸がいっぱいになって、唇を噛んだ。

　お母さんはずっと、こころが学校に行かないことで焦っているように思っていたのに。お母さんがこころの手を取る。ぎゅっと握りしめて言う。

「お母さんも、一緒に考えるよ」

「……ありがとう」

涙が出そうなのをこらえてお礼を言う。

そうしながら、嬉しい反面、少しだけ胸が苦しくなっていた。

自分だけがこうやって次のことを喜多嶋先生やお母さんに考えてもらえていると、アキやフウカに申し訳なくなる。

「先生」

「ん？」

「もし私が雪科第五中にいたままだった場合、担任を、伊田先生以外にしてもらうっていうのは……お願いできることですか？」

先生を嫌ったり憎んだりしたらいけない。先生は正しい人だから。

学校とフリースクールという立場の違いはあっても、喜多嶋先生はこころのこんな申し出には眉を顰《ひそ》めるかもしれない。

だけど……。

「伊田先生に言われたんです。真田さんに、手紙の返事を書いたらどうかって。真田さんが私に――バカにされてる気がするって、気にしてるって。だけど、私、そんなこと、どうでもいい。そんなの、私のせいじゃない」

声が止まらなくなる。自分が怒っているのか、悲しんでいるのかわからないけど、声が震えてしまってかっこ悪い。喜多嶋先生がこころを見た。そして言った。

「真田さんは真田さんで、思いも、苦しさもあるんだと思う。自分と違うこころちゃんを見て、バカにされてる気になったのも本当なのかもしれないね」

「でも……！」

「でも、それはこころちゃんが今理解してあげなくてもいいことだよ。真田さんの苦しさは真田さんが周りと解決するべきで、こころちゃんが、あの子に何かしてあげなくてはいけないなんてことは絶対ない」

喜多嶋先生がこころのお母さんと目を合わせる。それからまたこころを見て、頷いた。

「伊田先生のこと、お願いしてるよ」

そう言った。

「来年からはクラスが離れるように、もう、お願いしてある」

その声に、いつか聞いた先生の〝闘わなくてもいいよ〟という言葉が反響するように重なって聞こえた。

そう感じた途端、体中に電気が走ったみたいに、咄嗟に言ってしまいたくなる言葉があった。目の前の、喜多嶋先生に。

――先生、どうか、別の世界でも私の友達を、同じように助けて。

――アキやフウカやウレシノや――、みんなの世界でも、これぐらい、みんなの力強い味方になって。

この世界の喜多嶋先生にこんなことを今頼んでもどうしようもない。けれど、みんなのことも頼みたいと、そう願ってしまう。

真田さんが周りと解決するべき、と言った先生の言葉が、胸に沁みる。喜多嶋先生は、きっと真田さんが助けを求めてきたら、きっと真田さんがこころにあんなことをした人であったとしても、それでも〝真田さんの周り〟になるのだろう。こころにはまったく想像もできないけれど、〝真田さんの苦しさ〟を解決する手伝いだって、きっとする。想像すると理不尽なような、悔しい思いさえしたけれど、喜多嶋先生はそういう人で、だからこそ、こころは、信頼できると思った。

みんなのところにも、そういう、信頼できる人がいますように。その人が、あの子たちの力になってくれますように、と願う。こころは雪科第五中から移ることもできそうだけど、アキは無理だと言っていた。こころのように、第一中や第三中の可能性を考えてくれる人が周りにいなかったということだ。アキはどうなるのだろう。みんな、どうするのだろう。

改めて、そして、思う。

みんながこれからどうなるのかを、こころはもう見ることができないのだと。三月が終わって城が閉まって、それぞれの世界に戻ってからみんなの世界がどうなるのか、続きを知ることはもうできない。どれだけ心配しても、わからないま
ま。

胸が痛んだ。

みんな、どうか元気で、と願う。

幸せになって、と祈る。

⚜

お別れパーティー前日の三月二十九日。

その日までに、こころは二つの中学校の見学を終えていた。

雪科第一も第三も、こころが在籍している第五中に比べると小さな学校で、案内してくれた先生が、しきりと「アットホームな」とか、「小規模で」という言葉を繰り返していた。

こころはそれを聞きながら、きっと、この先生も、こころが「大きな学校だったから溶け込めなかった」と思ってるんだろうな、と少し複雑な気持ちになる。

暖房の入っていない三月の廊下は、春休み中でも部活をしているブラスバンド部の演奏の音や、グラウンドを走る陸上部の掛け声なんかが聞こえてくる。――合間に、自分と同年代の子たちの楽しそうな話し声や笑い声がすると、肩がびくっとなった。そんなことあるわけないのに、自分のことを笑ったんじゃないかと思ってしまいそうになる。

ひさしぶりに履いた上履きの中のつま先が冷たかった。この学校に自分が通うところが、まだ全然想像できなかった。

心はまだ揺れていた。

雪科第五中を離れることに抵抗もまだある。あんなことのために、という悔しさもあるし、新しい学校で自分が浮いてしまわないか、第五中であったことを知られてしまうんじゃないか——という不安も強い。

三月いっぱい迷ってもいい、と喜多嶋先生に言われていることだけが、慰みのように感じられた。まだ、時間がもう少しある。

みんなと会う、最後の三十日には自分がどうするかの報告ができたらいいな、と思っていた。

今日は、カレオに行こう。

明日のパーティーに、何かお菓子を買おう。前に、アキがくれたみたいに、かわいい紙ナプキンを買って持って行ってもいいかもしれない。今は春休みだ。こころが外を歩いていても、大人に見咎められる心配はない。カレオまで行けなくても、近くのコンビニまでなら充分行ける——。

なるべくなら、今日も城に行きたいから、カレオから戻ってきたら、みんなに会いに行こう。みんなの中にもその意識が強いのか、みんなも可能な限り、城にやってきている気がした。

あさってからはもう、あそこに行けなくなるなんて。

城に行くことがなくなるなんて、信じられないけれど。

そう思って、こころは苦笑する。最初の頃は、あんな城があることの方が信じられなかったのにずいぶん考え方が変わったものだ。

最後の日を前に、考えた。

私は確かに学校の時間を、真田美織たちに奪われたかもしれないけれど――。

ひょっとすると、世の中の、学校に行っていないすべての子は、こころのように、あの城に招かれていたのかもしれない、と。

こころは中学生だけど、小学生でも、学校に行っていない子は、あそこで〝オオカミさま〟と時を過ごす。――そのことが表立って明らかにならないのは、みんながおそらくあの場所で〝願いの鍵〟と〝部屋〟を見つけて願いを叶えるからで、記憶を失ってしまうからに違いない。

忘れてしまうだけで、学校に行かない子たちのために、こういう時間と場所が、ちゃんと子どもに用意されていたのだ――。

だったら、次の子たちにあの場所を譲《ゆず》るのが、確かに当たり前の話なのかもしれない。〝鍵〟を見つけられなかった自分たちは、〝オオカミさま〟から見れば落ちこぼれのグループだったのかもしれないけれど、その分、あの城のことを覚えていられる。ああいう場所があったことを、あそこに行った他の子たちと、いつかわかり合えるかもしれない。

カレオには、すぐに行けなかった。今日に限って、お母さんがこころに宅配便の受け取りを頼んだからだ。

「今日の午前中に、新しい観葉植物が届くはずだから、受け取ってね」

そう言われて、こころは内心、えっと思う。

午前中いっぱい家に拘束《こうそく》されるということは、城にも行けないということだ。残り、あと二日しかないのに。カレオにも行っておきたいのに。

「午前の早いうちに届くと思うから」

「――わかった」

怪しまれるのが嫌だから、そう、頷いた。

しかし、観葉植物は、全然、早いうちの時間なんかには届かなくて、十二時の三分前、ぎりぎり午前中に、業者の人が「遅くなってすいません」と言って持ってきた。

こころは待ちくたびれていて、何より、不機嫌だった。ほとんど無言で受け取りのところにサインをするが、業者のお兄さんに当たっても仕方ない。

受け取ってお小遣い片手に家を飛び出し、自転車に乗って、カレオに急ぐ。帰ってきて城に行けるかどうかは、今日はもうギリギリだ。

途中、中学生くらいの子を見るたびに身がすくみそうになるけれど、ブレーキを握る手にぎゅっと力をこめる。

手袋をしてくればよかった。

三月がまだこんなに空気が冷たいなんて、ずっと忘れていた。

カレオに着いても、一人で買い物をするのがまたちょっとまごついた。必要なお菓子や、ナプキンや――、そういうのの場所がいちいちわからなくて、全部を終えてカレオを出る頃には、もう三時近かった。

カレオの入り口の下、「入学準備」「新学期準備」と書かれた看板を、直視できない。前にここに来た時、会えたりしないだろうかと期待したアキやマサムネたちとは、この世界で会えないどころか、明日が過ぎればもう一生会うことはない。

四月の日付を見るたび聞くたび、こういうことが増えていた。朝ごはんに毎日食べているヨーグルトの賞味期限でさえ、もう、この期限の頃には何かを決めていなければならないのだ、城ももうないのだと思うと、胸が微かに痛む。

帰りも夢中で自転車を漕ぎ、どうにか家の前まで着く。自転車を降り、家の中に入ろうとした――その時だった。

「あ」

小さな声を、耳が拾った気がして、こころは何気なく——本当に何気なく、顔を上げた。そして、こころもまた「あ」と声を洩らした。

東条さんが、いた。

家の前の道路の、少し離れた場所からこっちを見ていた。

今日はお互いに、学校の制服でもジャージでもない。周りに他のクラスメートもいないし、何よりここは、お互いに自分の家の近くだ。

ダッフルコートにチェックのマフラーを巻いた東条さんはとてもおしゃれで、制服の時よりずっとずっとかわいく見えた。手に小さなコンビニの袋を提げている。

東条さんも買い物帰りだったのかもしれない。

「東条さん……」

咄嗟に呼んでしまう。呼んでしまってから、また無視されることを考えた。しかし、声を受けた東条さんが言った。

「こころちゃん……」

こころの名前を、そう呼んだ。

呼ばれた瞬間、胸がきゅっとなった。東条さんの声を聞くのさえひさしぶりだった。これは東条さんの気まぐれかもしれない。いつまた冷たい無視の態度に戻られるかわからなくて、こころは早口に言った。

「この間は手紙、ありがとう」

あの手紙は何かの間違いじゃありませんように、と祈るような気持ちで続ける。

「――東条さん、転校するって本当？」

「うん」

東条さんが頷き、こころの目を見る。東条さんの顔がふっと――笑顔になった。

「ねえ、うち、来ない？」

嘘みたいだった。目を見開くこころに向けて、東条さんが持っていたレジ袋を少し上に掲げる。

「アイス買っちゃったから、溶けるともったいない。うちで、一緒に食べない？」

東条さんの家に入るのは、ほぼ一年ぶりだった。

前に入った時のように、こころの家とほぼ同じ間取りの家が東条さんの家仕様になっている、という印象もそのままだった。壁や柱の素材や、天井の高さまで一緒なのに、玄関の棚に置かれているものや、かけられている絵や、電灯の種類や絨毯《じゅうたん》の色まで全部、違う。同じ造りの家な分、その差がなおさら際立って意識される。おしゃれだ、と思った最初の頃の印象は今回もそのままだったけれど、ひとつだけ大きく違うのは、段ボールがいくつも床に置かれているところだ。「引越センター」と書かれた白い段ボールを見て、ああ、本当に行ってしまうんだ、と実感する。

玄関に入ってすぐに、お父さんの趣味だというういろんな童話の絵がかかっていた。まだ片付けられていない。

お父さんがヨーロッパで買ってきたという、昔の絵本の古い原画。『赤ずきん』や、『眠れる森の美女』。『人魚姫』や『七ひきの子やぎ』、『ヘンゼルとグレーテル』の一場面を描いたという絵の数々。

前に来た時は漠然と見ただけだったけれど、こころの目が今回は、『赤ずきん』に吸い寄せられた。赤ずきんちゃんとおばあさんを呑み込み、おなかをいっぱいにした狼が寝ているところに、猟師がやってくる一場面。

思い出すのは、もちろん、鏡の城の〝オオカミさま〟のことだった。

「ああ、その絵」

こころが見ていることに気づいたのか、東条さんが声をかけてくる。

「『赤ずきん』の絵なのに、赤ずきんちゃんいないんだよね。主役がちゃんといる場面の絵じゃないと飾るの変だって私も言ったことあるんだけど、買えたのがたまたまこの場面だけなんだから仕方ないって言われた。赤ずきんちゃんがいたりする絵はもっとずっと値段も高くて、なかなか買えないんだって」

「確かに、この絵だけじゃ赤ずきんちゃんの絵だってわからないよね。私は萌ちゃんに前に教えてもらったからわかったけど」

赤ずきんちゃんの名残《なごり》があるのは、狼の膨らんだおなかと、転がった葡萄酒《ぶどうしゅ》入りのカゴくらいのものだろうか。

話の流れで、つい、東条さんを馴れ馴れしく「萌ちゃん」と呼んだことに気づいて、図々しかったろうか、と思ったけれど、東条さんが気にする様子はなかった。

「ね」と同意して笑ってくれたのが、とても嬉しかった。

「こっち、どうぞ」

東条さんがリビングに案内してくれる。コンビニの袋からカップのアイスを二つ取り出し、「どっちでもいいよ」と選ばせてくれた。

こころがストロベリーを、東条さんがマカダミアナッツを選んで、二人で向かい合って食べた。

食べている途中で、東条さんがふいに言った。

「ごめんね」

何気ない様子で口にした声は、東条さんができるだけ軽く聞こえるように意識して言ったのだとわかった。アイスのスプーンを持つ東条さんが、さっきから、何度も同じ場所をつついている。口にするタイミングを慎重に探していたような、そんな気がした。

こころはこころで、黙ったまま、唇を嚙みしめた。本当は胸が苦しいほどいっぱいになったけれど、東条さんに合わせて、何気ない口調で「いいよ」と言う。

東条さんが何を謝っているのかは、わかっているつもりだった。アイスをざくざくスプーンで突き刺しながら、東条さんがこころの方を見ないで言う。

「――三学期の最初、靴箱のとこで会った時、本当は話したかったんだけど、話せなかった。ごめんね。あの時、まだちょっと微妙だったから」

「微妙って……」

こころをまだ微妙に嫌っていたとかそういう意味なのか――心が予防線を張るように身構え、傷つく覚悟をしたところで、東条さんがふいっとこころを見た。

「美織たちと、私が」

え──という声が、喉の途中で固まる。

その一言だけで、想像ができた。啞然とするこころに向けて、東条さんが苦笑する。

「あの頃、本格的に美織たちからの無視が始まって、私、外され始めてたの。だから、こころちゃんが私と話してたことがわかったら、せっかく教室行っても、こころちゃんもまた真田派閥《はばつ》から何かされるかもって」

「どうして──」

一体どうしてそんなことになってしまったというのか。一学期の最初、東条さんは転入生で、明るくて、みんなが友達になりたがって、クラスの人気者だった。

少し考えて、こころは真っ青になる。

「……私のせい？」

顔から血の気が失せていくのが自分でわかった。

「萌ちゃんが、私と真田さんの間に何があったか、喜多嶋先生に話してくれたって、先生から聞いた。そのせい？」

どうして考えてみなかったのだろう。真田美織が何をしたかは、正確な理解かどうかはともかく伊田先生だって知っていた。誰が先生に話したのか、真田美織は知りたがったはずだ。自分を裏切った相手をあの子がどうするか、少し考えてみれば容易に想像がつく。

「違うよ」

東条さんが言って、またアイスをザクザクつつく。こころが気にするといけないと思ってそう言ってくれているのかもしれない。

東条さんが顔を上げ、微かに笑った。首を振る。

「そのせいも——、少しはあるかもしれないけど、大本はもっと違う理由なんだと思う。あのね、私があの子たちをバカにしてるように見えるのが偉そうに見えて気に食わないんだって」

「バカにしてる——」

つい最近、こころも聞いた言葉だった。バカにされてる、バカにしてる。

「あのグループの、中山さんの彼氏を私が誘惑したとか、〝男荒らし〟だって言われるようになったのがちょっと前で、その時に、もうなんかどうでもいい気持ちになっちゃったんだよね。四月からまたパパが大学を移るかもって言われてたし、どうせ離れるならもういいかって、私もむきになって言い訳したりするの、やめちゃった」

やめちゃった、という言葉が、軽く、けれど寂し気に響いた。東条さんがアイスを一口、スプーンで口に運ぶ。それに合わせて、こころも一口食べた。ゆっくりと、口の中で甘さが溶けていく。

「バカにしてたのは……たぶん、本当だし」

「うん」

その気持ちはこころにもよくわかった。こころも真田美織をバカにしている。それで何がいけないのか。許さない、と今でも思っている。こころが頷いたのを確認して、東条さんがまた笑った。

「でもそういうのって、先生たちにとってもきっとよくないことなんだよね。イダ先に呼び出されて言われた。──東条は大人びてるから、きっと他の子たちのことが低く見える時もあるかもしれないけど、みんな、一生懸命東条と仲良くしようとしててどーのこーの」

「どーのこーのって」

こころが驚いて言うと、東条さんの目が悪戯《いたずら》っ子みたいに輝いた。「だって、興味ないし」と呟く東条さんは、前に話していた頃よりずっと物言いがすっきりしていて、かっこよく見えた。

「低く見えるのなんて当たり前じゃん。あの子たち、恋愛とか、目の前のことしか見えてないいんだもん。クラスの中じゃ中心かもしれないけど成績も悪いし、きっとろくな人生送らないよ。十年後、どっちが上にいると思ってんだよって感じ」

東条さんの言い方は、苛烈《かれつ》で、辛辣《しんらつ》だった。こころは目を見開く。この子が真田美織の悪口を、こころと同じテンションで思っていたなんて知らなかった。

「すごい……」

「何が」

「萌ちゃんが、そんなふうにしゃべるの初めて聞いたから」

「だって、本当のことだから」

東条さんがため息を漏らす。ソファに身を委《ゆだ》ね、「引いた？」とこころを見る目が不安げに見えて、こころは首を振った。

「ううん。全然。――同じようなこと、私も思ってた。私もあの子たちと、うまく、話せなかったから」

「もっと言うと、イダ先から〝大人びてるから〟とか、分析するみたいに言われたことも超ムカツクんだよね。違うよ、こっちが大人かどうかじゃなくて、あいつらの方が子ども過ぎんだよって思う。なんか、そういうのもういいやって思っちゃった。だから、もし、こころちゃんが学校来たら、美織たち、こころちゃんと仲良くしてたと思うよ」

「えっ！　どうして？　だって、一学期は私のことあんなに……」

「関係ないよ。今、一番嫌いで外したいのは私のことだもん」

東条さんがきっぱりと言い切る。

「私をせっかく外してるのに、こころちゃんが来たら、またこころちゃんと私が仲良くなるかもしれない。だったら、こころちゃんと仲良くして、私のことは外したはずだよ」

「そんな……」

こころはまだ口がきけなかった。

しかし、思い出すのは、あの日、靴箱に入っていた手紙のことだった。真田美織からのあの手紙は、どこかこころに媚《こ》びるような内容ではなかったか。あれは、東条さんとこころを元通り仲良くさせないためでもあったのか。

一学期、殺されてしまうと思うほどに苦しんだのに、そんな理由であの子たちは私を許してしまうのか。

そう思って、はっとする。

〝許す〟って、なんだろう。

私は何も悪いことをしていないし、あの子たちのことこそを許さないと、こんなにも思っているのに、それでも、あの子たちに〝許される〟ことを自分が無意識にでも期待していたのかと、愕然《がくぜん》とする。

「そんなもんなんだよ。——バカみたいだよね」

東条さんが言った。こころを見る。

「たかが学校のことなのにね」

「たかが学校？」

「うん」

こころは驚く思いで、全身で、その言葉を受け止める。そんなふうに思ったことは一度もなかった。

学校は自分の全部で、行くのも行かないのも、すごく苦しかった。とてもそんなふうに、「たかが」なんて思えない。

大人びてる、という伊田先生の言葉を東条さんは怒っていたけれど、東条さんはやっぱり普通の子とは少し違っていると思う。これまで転校が多かったからなのかもしれない。自分の居場所を一つきりだと捉えていないのだ。

「本音言うと、三学期、あれからこころちゃん来ないかなーって思ってたよ。来たの、あの日だけだったんだね」

「え？」

「もう転校するし、美織の周辺とつきあい続けるのもうんざりだって思ってるんだけど、それでも一人で教室移動したり、露骨に悪口言われてる雰囲気があると、誰かに一緒にいてほしいなって思っちゃった」

東条さんがこころを見る。

そして、「ごめんね」とまた言った。手紙の通りの言葉で。

「一学期、私、助けなかったのに、勝手だよね。ごめんね」

「ううん。そんなことない」

真田美織たちに耐えかねて、こころは学校を休んだ。けれど、東条さんが行き続けたのは、すごいことだと思う。

それに、こころにはわかる。見知らぬ転入生の存在を心待ちにするように、友達を求める気持ち。よく、わかる。東条さんが、その時、こころの存在を思い出してくれたのだとしたら、素直に嬉しかった。手紙をくれたことも、もちろん嬉しい。

「萌ちゃん、本当に転校、しちゃうんだ」

「うん」

「転校ってどう？　やっぱり不安？」

「不安もあるけど、今回みたいなことの後だと解放感と楽しみの方が大きいかな？　こっちの人間関係リセットできるのは、やっぱ嬉しいし」

「そっか……」

こころが隣の学区の中学への転校を迷っていることは伝えなかった。けれど、東条さんの方でも察するものがあったのかもしれない。東条さんが言った。

「もし、今後、こころちゃんがどこかに転校することがあって、初日、誰も話しかけてくれなかったら、泣くといいよ」

「泣く？」

「うん。みんなの前で。そしたら、何人か『大丈夫？』とか『泣かないで』って話しかけてくると思うから、その子と仲良くしなよ。泣くと、単純に目立てるし、構ってもらえるから」

「えええーっ、そうかなぁ。それは、萌ちゃんだから効果がある方法なんじゃない？　かわいい子じゃなきゃ許されないよ」

「そう？」

東条さんは、今日は本当にさばさばしていた。自分のことを「かわいい」と言われても否定しない。何より、計算して泣くなんて、そんな腹黒いことを教えてくれると思わなかった。

「でもうちの中学の時は、萌ちゃん泣いてないよね？」

「うん。みんな親切だったたし、泣かないで済んだ」

「泣くって子どもっぽくない？　萌ちゃん、それ、小学校の時のことそのまま言ってるでしょ？　中学校じゃ、もう泣くのって、注目されるとしても悪い目立ち方じゃない？」

こころが思わず言ってしまうと、東条さんが顔をしかめた。「ええー！」と声を上げた後で、「でも、そうかも……」と考え込む表情になる。

「小学校の最初の転校でうまくいったから、そのまま続けてたけど、じゃあ、次の中学ではやめとこうかな」

「うん。萌ちゃんなら、もうそんなことしなくてもきっと仲良くしたい子、いるよ」

「そうかなぁ……」

聡明《そうめい》そうなこの子が、それでも不安げにそう呟くのがなんだかかわいかった。この子のこんな本音は、真田美織たちもきっと聞いたことがなかったろうと思うと、誇らしいような喜びが、むくむく心に湧き上がってくる。

こころと東条さんは、それからアイスを食べた。真田美織たちの悪口を明け透けに、互いにどれだけだって言えた。

話題は途中から、彼女たちが好きだと言っていたドラマや芸能人のことになり、そこからあっという間に、自分たちが好きなもののことになる。

「私、あれも好き。地元じゃ負け知らず～っていうあの歌詞、超、頭まわる」

「あ！　私もドラマ観てた」

そんな話をする中で、アイスが空になった頃、ふいに、東条さんの顔つきが真面目なものになった。

「――負けないでよ」

そう、言った。声が少し、硬かった。

「別に無理に、あの子たちとケンカしたりしなくていいけど。ああいう子たちにまた何かされてる子がいたら、助けて、あげたいよね。――ああいう子はどこにでもいるし、いなく、ならないから」

声は、途中からこころに対するものというより、東条さんが自分自身に言っているようになった。

後悔が、そこから感じられた。

この場所を――雪科第五中を去る東条さんの、真田美織やこころに対する一言では言い表せない気持ちが、その声の向こうにうっすらと透ける。

ああいう子はどこにでもいる、というその言葉は、東条さんのこれまでの実感から来ているのだろうと思った。いなくならない。真田美織だけじゃなくて、きっと、どこにでも。

「うん」

こころも頷いた。

四月から、自分がどうしたいのかまだわからない。

もう、三月二十九日。

城も、明日には閉まる。

先のことなどわからないけれど、東条さんには誓《ちか》いたい。

「負けたくないね」と、そう、答えた。

東条さんの家を出る時、最後に、「話せてよかった」と言われた。

「あの——喜多嶋先生っていう先生に言われたんだ。近所だし、これから春休みだし、こころちゃんと会って、話せたりするといいねって。直接訪ねてく勇気はなかったんだけど、次に見かけたら、声かけようって、決めてた」

東条さんの顔が、話す前より明るくすっきりしている。こころもまた、自分の顔がそうなっている自覚があった。

「うん」と頷く。

「私も、話せてよかった」

東条さんが引っ越してしまうまであと少しだけど、それまでに、今度はこころがアイスを買って、家にこの子を呼ぼう。心の中で決意して、東条さんと「またね」と別れる。

家に戻る途中で——、異変は起きた。

二軒先の自分の家。二階の自分の部屋の窓を何気なく見上げる。今日は遅くなってしまったから、結局城に行けなかった。

五時を、過ぎてしまった。

でも明日はお別れパーティーだから、全員来るし――と足を踏み出しかけて、こころは、あっと息を吞む。大きく。

部屋の窓が光っていた。

いつもの虹色の光り方とは、少し違う。暴力的なくらい真っ白い、火の玉みたいな大きな光が、窓の向こうで大きく、大きく、質量さえ感じさせるほどに膨れ上がっていく。カーテンの存在が、眩しすぎて見えない。

一体何が、と棒立ちになるこころの耳に、凄《すさ》まじい音が響いたのはその時だった。

パンッ！　と何かが弾けるような音だった。

ドラマか何かで、火事の時に、熱にあぶられたガラスが飛び散るシーンを見たことがある。それと同じような、ガラスが吹き飛ぶ音。

思ったら、走り出していた。その音を合図にしたように、あれだけ眩《まばゆ》かった光の玉が視界からふっと掻き消える。夕闇迫る五時過ぎの住宅街の道を、ダッシュする。まるで一瞬の夢のような現実感のない光景だったけれど、目の奥ではまだ光の残像が長く尾を引いていた。

鍵を開ける手ももどかしく、こころは家の中に飛び込む。自分の部屋に向けて、階段を上がる。

息を荒らげて部屋に飛び込んだこころは、息を呑んだ。誰に聞かせるためでもない悲鳴が、口の中から、きゃー！　と上がった。自分でも信じられないくらい、大きな声だった。

鏡が、割れていた。

城に続くいつもの姿見の真ん中に大きな亀裂が走り、その周辺のガラスが粉々に砕けている。あれだけ涼し気にこころや部屋の中を映し出していた鏡は、一片一片のガラスになってしまうと、急にものすごく安っぽくて、ぺらぺらな、アルミホイルか何かみたいになってしまったように見える。

「どうして！」

こころは叫ぶ。叫んで、破片を手に取る。怪我をすることなんて考えなかった。これでは向こうに行けない。明日の最後の日、みんなに会えない。涙が噴《ふ》き出る。一緒にいられないならせめて、お別れだけはちゃんとしようと思っていたのに――。

「どうして！　どうして！　〝オオカミさま〟、返事して‼　〝オオカミさま〟‼」

鏡を乱暴に揺さぶると、鏡の中にこころの顔が亀裂の数だけ映りこむ。そのどれもが必死な泣き顔をしていた。

「〝オオカミさま〟‼」

夢中で叫んでいた、その時――。

摑んでいた鏡の中に、濁《にご》った光があることに、こころは気づいた。

城につながるいつもの虹色でも、さっき見た夏の昼間のような明るさでもない、濁った光。

大きな蛇《へび》の体の模様みたいだ。

墨色がかったグレーや黒のまだら模様が、蛇のウロコのような輝きを放って――蠢《うごめ》いている。

水たまりに油が落ちて、広がった時のように。鏡の表面をかき混ぜるように、その濁った光がまるで生き物のように動いている。

――こころ。


声が聞こえた。

微かな、とても微かな声は、鏡の向こうから聞こえた。

夕方の、暗い自分の部屋の中で、こころはその声に耳を澄ます。鏡の向こうの光の中に、目を凝らす。〝オオカミさま〟の姿を探す。

すると、顔が見えた。

小さな欠片《かけら》の中に、――リオンの顔が見えた。

「リオンっ！」


――こころ。

なぜ、リオンの顔が見えるのか。混乱するこころの目に、別の欠片の向こうでまた何かが動くのが見えた。

マサムネと、フウカの顔だ。

——こころ。

「みんな！」

二人の声が聞こえる。こころを呼んでいる。別の欠片の中に、今度は、スバルとウレシノの顔が見えた。みんないる。

濁った光の靄《もや》をかき分けるように、みんな、みんなの顔が歪《ゆが》む。

こころはパニックになっていた。みんな、今日は城に行けたのだろうか。みんなの家の鏡もこうなったのだろうか。

すると、その時、声が聞こえた。

「助けて、こころ」

声は、さっきよりずっとしっかり聞こえた。まるで、この鏡の奥に本当にみんながいて、直接話しかけているようにちゃんと聞こえる。

「どうしたの？　一体何が——」

「アキが、ルールを破った」


声は、リオンの声だった。

こころの息が止まる。リオンの声が続ける。

「五時を過ぎても、城から帰らなかった。狼に——食われた」

こころは右手で鏡の縁を握りしめたまま、左手で口を覆う。見開いた目の瞬きができなくなる。

リオンの声が続く。

割れた鏡の中に映るみんなの顔の中に、——アキの姿がない。

「僕たちも、今からたぶん、食べられる」

スバルの声が言った。どうして、とこころが続けるより早く、マサムネの声が言う。

「連帯責任」

鏡の中の顔が歪む。

「その日、城にいた人間は、みんなで揃って罰を受ける」

「私たちは家に戻ってたのに、また、鏡の中に引きずり込まれたの。アキ、城の中で、時間が来るまで隠れてたみたいで……」

フウカの顔が泣いている。鏡の向こうからこころを見ている。

「今は逃げてるけど、だけど、声が――」

ウレシノが言う。

その時だった。

アオオオオオオオオオオオオオオン、
アオオオオオオオオオオオオオオン、

ものすごい衝撃が、鏡をへだてたこころの側にも届いた。鏡の中から強い風を浴びたように、その声で心臓が一気に縮み上がる。来た！　フウカが叫ぶ声が聞こえる。みんなが耳を、頭を押さえ、目をつぶる。

暗い城の中で、みんなが逃げ惑うところが想像できた。みんなで命からがら、大広間の階段に辿りつき、こころの家に続く鏡を覗き込むところが想像できる。

こころ、頼む！

みんなの声が遠くなる。もう、誰の声がそう言ったのかわからなかった。恐怖と衝撃で、いつの間にかこころの目から涙が流れていた。みんな！　と呼びかける。みんな！

〝願いの鍵〟を――

みんなの声が混ざり合って聞こえた。

見つけて、願いを――
アキを――

最後にリオンの声が聞こえた。

赤ずきんじゃない。〝オオカミさま〟は――

「みんな！」

こころは叫ぶ。夢中で叫んで、鏡を揺らす。みんな、お願い。返事して。

アオオオオオオオオオオオオオオン、

アオオオオオオオオオオオオオオン、

返ってきたのは、遠吠えだった。

鏡の向こうのみんなの顔が消える。摑んでいた鏡の前を、――何かが横ぎった。大きな、尻尾のようなものが。

こころは鏡の縁を摑んだまま、ひっと叫んで体だけ遠ざける。次に向こうを見た時、そこには何も映っていなかった。

誰の顔も、獣の尻尾のようなあれも、何も見えない。

ただ、かろうじて濁った闇だけが残っていて、それだけが鏡と城を繫ぐ証のように表面で蠢いていた。

迷っている、時間はなかった。

体は震えていた。指先が震えすぎて感覚がない。鏡を離すと、腰が抜けたようになって、こころは床にへたり込んだ。ふいに痛みを感じて右手を見ると、手のひらが切れて、血が滲んでいた。その色にも、思い出したように身がすくむ。

それなのに、頭の中はびっくりするほど研ぎ澄まされていた。

動かなければならない——と、迷う間もなく、決意していた。

割れた鏡の下半分。亀裂が入った鏡面の、一番広い空間に手を入れる。濁った闇が揺れるようにこころの手を避け、——手が、向こうに吸い込まれる。

まだ、ここは城と繋がっている。

部屋の時計を見る。五時二十分。

こころの家で、お母さんがいつも帰ってくるのはだいたい六時半から七時の間。それまでに、どうにかしなければならない。戻ってきたら、おそらく割れた鏡はお母さんに片付けられてしまう。城に行けるのはもう、今日しかない。

みんなを家に、帰さなきゃならない。

考えろ、考えろ、考えろ。

頭の内側で声がする。その声と並行して、頭が別のことを考える。


――アキが食われた。

――問題児って感じだよなぁ。アキちゃんって、最後まで。


いつかのスバルの声が耳に蘇る。

どうして、という衝撃と混乱はまだ強かった。城の中に残るなんて、そんなの自殺も同然なのに、どうして――。

考えて、考えるまでもなく、当たり前じゃないか――と涙が出そうになる。気持ちがわかる。

帰りたくなかったからだ。

城の外の自分の現実に戻るくらいなら、城の中にいたかったからだ。

それが自殺行為だったとしても。みんなを巻き込んでも。

身勝手だ、とは確かに思う。けれど、わかってしまう。私もそうだったから。

——親がいろいろ考えてくれてる家はすごいよね。うちらの親とは違うね、こころ。

強がるようにそう言っていた時、アキは一人、心の中でどんな決意を固めていたのだろう。狼に食べられて——すべて終わりでいい、と感じるほどの彼女の現実は、どんなものだったのか。

やりきれなさと、猛烈な怒りが湧いてきたのはその時だった。

話してくれたら、よかったのに。一人で決めて全部終わりにするなんて、アキはバカだ。スバルの高校進学も、マサムネの転校も、寂しいならそう言えばよかったのに。みんなと別れるのが嫌なら、ちゃんと言葉で伝えればよかったのに。

こころ、頼む！

〝願いの鍵〟を——

見つけて、願いを——

アキを――

みんながこころに望むことが、わかった。

その重圧に押しつぶされてしまいそうになる。そんなこと、できるだろうか。

これから鏡の城に入って、〝願いの鍵〟を探す。

一年近くみんなで探して見つからなかったあの鍵を、こころはたった一人で、これから一時間のうちに探し出す。

そして、願う。

アキを、みんなを救ってください、と。

アキのルール破りを、なかったことにしてください。アキを、私たちのところに返してください。

それしかもう、方法がない。

ピンポン、と場違いなほど平和なチャイムの音が聞こえたのは、その時だった。

こころははっとして、二階の窓から門の方を見る。一瞬、親が帰ってきたんじゃないかと絶望的な気持ちになるが——違った。

門の前には、さっき別れたばかりの東条さんが立っていた。心配そうに、こころの部屋の窓を見上げている。カーテンの隙間越しに視線が合いそうになって、こころはあわてて身を翻《ひるがえ》す。

急いでいたけれど、こころは一階に下りていく。玄関を開け、門の前に立つ、東条さんのところまで行く。

「あ、よかった。こころちゃん」

「どうしたの、何か用事……」

「なんか、すごい音がしたからびっくりして。こころちゃんの家の方じゃないかと思ったから」

「あ、別に何も……」

ごまかすように答えかけたその時、東条さんの手が何か持っていることに気づいた。──携帯電話だ。

「あ、これ……」

こころの視線に気づいた東条さんが気まずそうに、それを隠す。

「お母さんの、なんだけど、普段は家に置いてあって。もし、美織たちがまた来たりしたんだったら、学校に電話して先生に来てもらおうと思って、持ってきた」

それを聞いて、胸がいっぱいになる。

こころを心配して来てくれたのだ。

思うと、こんな時なのに胸が詰まった。「ありがとう」と言う声が掠《かす》れる。「本当に……ありがとう」

嚙みしめるように言って、東条さんに向き直る。

「違うの。ただ、家の鏡が──倒れて割れちゃって」

「えっ！　本当？　大丈夫？」

東条さんの視線がこころの怪我した右手を見る。「手、怪我してる！」と彼女が小さく叫んだ。

「うん、でも大丈夫」

本当は大丈夫じゃない。手もまだずきずき疼く。

答えながら、胸がまだドキドキしていた。これから一人で城に向かう。〝オオカミさま〟のペナルティーはどこまで有効なのだろう。みんながこれから食べられると聞いたけれど、今日城にいなかったこころは「連帯責任」の対象外だろうか。食べられなくて、済むだろうか。そんな緊張感の中で自分が闇雲《やみくも》に〝願いの鍵〟を探すところを想像すると気が遠くなりそうだ。

――その時。

ふいに、鏡の向こうで、リオンが最後に言った一言が、耳を打った。

赤ずきんじゃない。〝オオカミさま〟は――

視界が――、ぱっと晴れた。

こころは急いで顔を上げる。東条さんを見つめる。

「萌ちゃん。お願いがあるんだけど」

「え、何?」

「萌ちゃんの家の、絵を見せてもらってもいい? 廊下にかかってる」

「あ、あの『赤ずきん』の原画？」

「ううん、違う」

こころは首を振る。どうしてわからなかったんだろう、と思う。


――私はずっと、お前たちにヒントを出している。鍵探しの。

――お前たちのことを赤ずきんちゃんと呼んではいるが、私には、時折、お前たちこそが狼のように思える。ここまで見つけられないものなのかと。

――ただし、童話よろしくお母さんを呼んできて腹かっさばいて、かわりに石を詰めるとかやめろよ。


――フェイクだって、気もするんだ。

――〝オオカミさま〟。オレたちを赤ずきんちゃん、って呼ぶ。


リオンは気づいていたのだ。

〝オオカミさま〟の好きな童話をだから、聞いた。

私たちは――七人。

七人分の世界、七人分のパラレルワールド、と話していた。狼が出てくる童話は、何も『赤ずきん』だけじゃない。〝オオカミさま〟は確かにずっとヒントを出していた。

こころは言う。東条さんに頼む。

「『七ひきの子やぎ』の原画。見せてもらえないかな」

こころの突然の申し出に、東条さんは一瞬だけ虚をつかれた顔をした。それで当然だと思う。さっきまで普通に話していた子が手を怪我して、突然そんなことを言いだしたら、こころだって戸惑う。きっと質問攻めにする。

しかし、東条さんは唇を半分開いて、すぐに閉じた。頷き、「いいよ」と答える。事情を聞かず、こころを家につれて行ってくれた。

絵を前にして、こころの全身から、ああ――、と息が洩れる。

そんなこころに向けて、東条さんが「絵本あるよ」と本を持ってくる。

「パパのだけど」

そうやって渡された本の表紙を見て、こころは再び息を呑む。城の中に用意されたこころの部屋。その本棚にもあったドイツ語の絵本――『*Der Wolf und die sieben jungen Geißlein*』だ。

〝オオカミさま〟は、こんなところにもヒントを出していた。開いてもみなかったことが悔やまれる。

「ありがとう」

「貸してあげるからいつでもいいよ。おんなじ絵も出てるから」

「うん」

何も聞かない東条さんの態度を、こころは心底尊敬する。もっと早く、友達になりたかった。この子が好きだ——と強く思う。

「それと、これも」

東条さんの手に、絆創膏が一枚あった。こころの手に渡してくれる。

「お母さん帰ってきたら、ちゃんと手当してもらった方がいいんじゃない？　とりあえず、応急処置で貼っときなよ」

「うん」

受け取りながら、ふいに胸が詰まった。城の向こうの非日常と、お母さんや東条さんのいる日常。その二つが今あることに感謝する。ここに帰ってきたい、とどうしようもなく思う。

「……いつ引っ越しちゃうの？」

「四月一日」

「もうすぐなんだ……」

「仕方ないよ。パパたちは三月のうちに引っ越したかったみたいだけど、今年は四月の一日が土曜で、休みだから」

「萌ちゃん、ありがとう」

借りた絵本を胸に抱き、こころがぺこりと頭を下げる。もっと話したかったけれど、もう時間がない。

「私、萌ちゃんと友達になれて本当によかった」

「大げさだなぁ。そんな恥ずかしいこと、言葉にして言わないでよ」

東条さんが笑う。

人間関係をリセット、とこの子が言っていたことを思い出す。新しい学校に行って、これまでの関係をリセットできるのは楽しみでもあると。

本当に恥ずかしいことは、さすがのこころも口にできなかった。

私のことだけはリセットしないで、と、心の中で呟く。呟いてから、すぐに打ち消す。

別に、忘れてしまってもいい――と。

私がその分、覚えている。萌ちゃんと今日、友達だったことを。

⚜

意を決して、鏡の中に、手を入れる。

濁った水をかき混ぜるように、ゆっくりと。

割れた鏡の下半分は、身を屈めればどうにかくぐり抜けられる程度の隙間しかなかった。破片で体や服を傷つけないように気をつけながら、鏡の中をくぐる。そうしながら、鏡をくぐれるのはこれが最後かもしれないと考えた。

こんなにボロボロでは、きっと、明日にもお母さんたちに捨てられてしまう。自分が城の向こうに行っている間に、これ以上亀裂がひどくなりませんように、無事に帰ってこられますように、と東条さんから貸してもらった本を胸にぎゅっとお守りみたいに引き寄せる。

鏡の向こうに出て――驚いた。

いつもと違って、とても、とても暗い。そのせいで、壁も、床も、いつもとはまったく違う場所のように見えた。こころが感じた濁った光が、驚いたことに鏡の外にも侵食している。城が輪郭《りんかく》を失って、ぐにゃぐにゃに捩じれているような錯覚に陥る。

こころが出てきた鏡が――割れていた。こころの部屋とまったく同じ砕け方で。いつもの階段のある大広間に出ると思っていたけれど、そうではなかった。一体何があったのか、鏡があちこちに横倒しになって散らばっている。みんな、同じように割れている。飾られていた絵も、置物もツボもぐちゃぐちゃで、激しい嵐に遭った後のようだった。

食堂に出たのだ、と気づくまで時間がかかった。

暗くて荒れた部屋は、元のお屋敷然とした風格が見る影もなかった。こころはゆっくり、息をこらす。まだ近くにいるかもしれない狼から身を隠すようにして、胸の本をぎゅっと抱き寄せる。

アオーン、という遠吠えが空耳のように、耳の奥で反響している。こころは身を屈め、ゆっくり、横倒しになったテーブルの陰に隠れてそろりそろりと移動する。台所の方に出て、咄嗟に戸棚を見た。

近くに、台所の戸棚があった。扉が開きっぱなしになっている。マサムネが、この中に×印を見つけたと言っていた。確認すると、×マークは、まだそこにあった。

――四匹目の子やぎは、台所の戸棚の中に。

×マークに、触れる。触れた途端、額の真ん中に、ものすごい衝撃を受けた。

――ホラマサ！

声が、重たい鈍器のようにこころの頭を割る。意識が遠のく。

こころは――、学校の机の前に座っていた。
学校の机の前に座って、そこに書かれた文字をじっと見ている。

ホラマサくんは嘘つきです。
特技「オレの友達が、オレの知り合いが」のじまんばなし
死ねば

文字が歪む。歪んで、見えている光景が変わる。知らない男子の――顔が見える。責める口調なのに、なぜか、相手の方が泣きそうで、それを見ているこころの胸までもが痛んだ。痛みながら気づく。――ああ、これはマサムネの記憶だ。マサムネが、心を痛めた記憶だ。

「オレ、やだったよ」

「お前はたいしたことない気持ちでついた嘘かもしれないけど、オレにとっては、すごく、裏切られたみたいな気持ちだった。オレ、お前のこと、尊敬してたし、いいなって思ってたのに」

違う、と胸がまた痛む。言えずにいるマサムネの気持ちが流れ込んでくる。だけど、違わない。嘘をついたことは、もう誰より自分が知っている。だからどう言っていいかわからない。

言いたいのは、違う、傷つけるつもりじゃなかった、ということなのに、それが、自分でもわからない。

「行かなくていいだろう。もともと、公立の学校じゃダメだと思ってたんだよな」

寝室でネクタイを締め直しながら話している、父親の声が聞こえてくる。マサムネは、階段に座ってそれを聞いている。

「だいたい、オレの仕事先のテレビ関係の人間に聞いたら、公立の教師なんて底辺レベルだってみんな言ってたぞ」

でも。

声に胸が疼く。

でも、いい先生もいる。

うまくいかない理由を作ったのは自分かもしれない。

そういう声の全部を、マサムネが呑み込む。言葉が出て——こない。

かわりのように、マサムネが、胸の中で呟く。

そうだね、父さん。

悪いのは、あいつら。

あいつら、みんな。


疲れた気持ちで部屋に戻る。マサムネの部屋は広くて、おもちゃも本もいっぱいだ。ゲームもものすごくたくさんある。

部屋の中に鏡がある。鏡が光っている。

マサムネが魅入《みい》られたように、その虹色の光の前に立つ。手を、鏡面に添える。光の中に、体が呑まれる。

「よお」

鏡の向こうに、〝オオカミさま〟が立っている。

「わあ！」

驚くマサムネに、〝オオカミさま〟が言う。

「おっめでとうございまーす！　政宗青澄くん。あなたはめでたく、この城に招かれました！」


次に見えたのは――、冬の、保健室だった。

こころも知っている、雪科第五中。ストーブの熱を感じる。

「来ないわけない」

マサムネが、保健室に座っている。

背中を、誰かが撫でている。マサムネはすでに盛大に泣いた後のように肩を大きく震わせ、泣きすぎ、しゃくりあげすぎて呼吸がうまくできなくなっていた。そのマサムネの背中を、誰かの手がさすっている。

「あいつらが、来ないわけない……」

誰かに話しかけるというより、自分自身に言い聞かせるような声だった。泣き声がそれに混ざる。

「そうね」

そのマサムネの背中を、手がさする。

「マサムネくんのお友達には、きっと何か事情があるのよ」

マサムネの横に立つ人の顔が——見える。

喜多嶋先生だった。

額にまた、衝撃を受けた。

眩《くら》むような痛みから顔を上げると、こころはまだ暗い部屋の中で、台所の戸棚の前にいた。×印に、手で触れたままでいた。

戸棚の下、足元に、よく見ると眼鏡が落ちていた。こころは震える手で、それを手に取る。眼鏡。右のレンズの下にひびが入り、フレームが捻じ曲がっている。マサムネのもの——。確認してぞっとする。一体何が起きたのだろうと、考えるのも怖かった。

食べられるっていうのは文字通りの意味で？

——そりゃもう、頭から丸のみ。


巨大な狼が出てくることになっている。——大きな力がお前たちに罰を与える。それが一度始まってしまうと、誰にもどうにもできない。私にも。

みんなが初めて揃った日、〝オオカミさま〟からそうルールを説明された。その時は深く気に留めなかった。

こころの呼吸が荒くなる。恐怖を打ち払うようにして、首を振り、眼鏡を置く。ともすれば倒れ込みそうになる意識を懸命に奮い立たせる。

戸棚の中についた×印を——見る。

今のはたぶん、マサムネの記憶だ。

マサムネが実際に見たことだ。マサムネはきっと、狼から逃げて、ここに隠れた。意図的なのかどうかわからないけど、食べられた人は、みんな、そういう場所に隠れたはずだ。

東条さんから借りた絵本を開く。

場所を――確認する。しっかり確認する。

――とんとんとん。開けておくれ。お母さんだよ。

入ってきた狼から、子やぎたちは隠れる。〝オオカミさま〟がこころたちを「赤ずきんちゃん」と呼んでいたのはリオンの言う通りのフェイクだ。

一匹目は、机の下。

(私の部屋の机の下にも、たぶんある)

二匹目は、ベッドの下。

(オレの部屋のベッドの下に×印がついてたけど、それは何か意味がある?)

三匹目は、火の入っていないストーブの中。

(何だろう? こころが見つけた……)

四匹目は、台所の戸棚の中。

(それなら、オレも、夏くらいから気づいてた。台所にあるよな? 戸棚の中)

五匹目は、洋服ダンスの中。

(前に言ってた×印、私も自分の部屋で見つけた。クローゼットの中)

六匹目は、洗濯おけの下。

（お風呂にも、あるよね。湯船に洗面器があって、それをずらしたら、×に見える印が）

あの×印は、すべて、食べられてしまった犠牲者の子やぎが隠れた場所につけられていたのだ。絵本の子やぎたちが、狼の登場に、急いでそれらの場所に駆けこんでいる。

巧妙に目隠しをされていた気持ちになる。

絶対に見つからない――と暗示を施されていたような気分だ。

〝オオカミさま〟の声が蘇る。

――お前たちのことを赤ずきんちゃんと呼んではいるが、私には、時折、お前たちこそが狼のように思える。ここまで見つけられないものなのかと。

『七ひきの子やぎ』の童話の中で、狼は絶対にそこだけ確認しない。見つけられることがない。七匹目の、末っ子の子やぎは、そこに隠れたからこそ最後まで食べられることなく、助かることができた。

この童話の中で、「絶対に見つからない場所」は一つしかない。

七四目は、大きな時計の中に。

〝願いの鍵〟があるのは、大広間の、大時計の中だ。
鏡を抜けて、最初に目にする、あの場所。
それなのに、暗示にかけられたように、誰も、あそこだけは確認しなかった。

⚜

アオオオオオオオオオオオオオオン、

雄叫《おたけ》びが聞こえた。
その声に合わせて、毛穴まで全部開いたようにびりびり、空気と床が震えるのが伝わってくる。その衝撃にこころは床にへばりつく。絨毯に顔をこすりつけ、怖くて、口の合間からうーっと声が出る。

壊れたカップや皿が散乱する床を、破片をよけて、身を屈める。食堂は城の中でも一番、大広間から遠い。時計まで辿りつけるかどうかわからない。

怪物が暴れた後のような食堂の様子を見ると、ぞっとする。それなのに、中庭に続くガラス窓だけが不自然なくらいきれいなままだ。どこも無傷で残っている。

心臓がおかしいくらいバクバク鳴っていて、痛いほどだった。

怖い、怖い、怖い。

目をぎゅっとつぶって、思い切って立ち上がる。

アオオオオオオオオオオオオン、

また、雄叫び。

こころの喉から「ひっ」と悲鳴が上がる。音の振動で腰が抜け、尻もちをつく。

身を隠す場所を探して、咄嗟に、食堂の暖炉が目に入る。あの中。あそこなら――。

暖炉の中に、×印が見える。こころが前に見つけた場所だ。

あっと思うのと、こころの手が×印に触れるのが同時だった。

額にまた、衝撃を受ける。頭が熱くなる。

——ウレシノの記憶が、流れ込んでくる。

待ちぼうけの、一月の日の記憶が真っ先に、額の真ん中を打つ。

マサムネを待って、みんなを待って、立ち尽くすウレシノ。途中でおなかが空いたから、お母さんが持たせてくれたおにぎりをアルミホイルから出して、むしゃむしゃ食べる。

「おい、あいつ」

「マジ、なんで来てんの、ウケるんですけど」

「なんか食ってるよ。笑える！」

陰口が聞こえる。部活に来ている子たちが、日曜日にわざわざやってきたウレシノを奇異なものを見る目で見ている。

陰口を言われていることが、ウレシノにはわかっている。こころの耳にも、今聞こえる。だけど、ウレシノはおにぎりだけ見て、むしゃむしゃ、食べる。

空は晴れて、大きな鳥が飛んでいた。

「渡り鳥かなぁ。仲間のとこに行けるかな」と、ウレシノが呟く。誰かに聞かせるわけでもない完全なひとりごとだ。

その声が、ウレシノを、まるでひとりじゃないように、勇気づけている。

「マサムネたち、遅いな」

校門の方をちらっと見て、呟く。

その時――、胸に、温かいものが広がる。

その温かさと強さは澄み切っていて、何の迷いもなかった。ウレシノは、自分を、今、とても幸せだと思っていた。

マサムネたちが来ても、来なくても。

おにぎりがおいしくて、冬の空がきれいで鳥が見られて。

とても幸せないい日だと、ウレシノは思っていた。待ちぼうけになっても、明日、城でこのことをみんなに話そう、とウレシノが思う。

その時、「遥《はるか》ちゃん」と声がした。

「ママ」

ウレシノが顔を上げる。

見えてきた人の顔が、こころにも見える。ウレシノのお母さんは、丸顔で優しそうなおばさんで、エプロン姿だった。こころがこれまで漠然と想像していた人とは、違った。ウレシノのお母さんは、化粧っけがまるでなくて、羽織っているコートにも毛玉がいっぱいついている。気弱そうで、だけど、とても大らかな笑顔の人だった。

この人が、一緒に留学してもいいとウレシノに言ったのだ。
ウレシノのお母さんは、一人ではなかった。一緒にいる人の顔を見て、ウレシノが嬉しそうに笑った。

「あ、喜多嶋先生も来てくれたんだ」

ウレシノが嬉しそうに言う。

喜多嶋先生――だった。

こころがあの日、保健室で会ったように、マサムネの背中をさすって慰めていたように、この日、ウレシノのところにも、喜多嶋先生が来ていた。

「鳥がいて、この日、あれ、渡り鳥かなって思って」

空を指さして、ウレシノが言う。

場面が変わる。

「アキちゃん！」

ウレシノが叫ぶ。

「アキちゃん。どこ!?　もう帰らないと時間だよ。さっき、雄叫びが……」

「いいよ、ウレシノ。仕方ない」

フウカが言う。フウカの顔が真っ青だ。みんなで大広間の、七つ並んだ鏡の前に立っている。こころのものだけが、光っていない。

アキの鏡は光ったままなのに、アキだけがこの場にいない。みんなの焦りが募《つの》っていく。

「オレたちだけでも、帰ろう。ひとまず、そうしないと時間が……」

〝オオカミさま〟の雄叫びが、一際、高くなる。

「行こう！」

フウカが強引にウレシノの肩を掴む。

「でもアキちゃんが……」

ウレシノの体が鏡の向こうへくぐり抜け――、その途中で、引き戻される。

きゃあああああああああ

悲鳴が、聞こえた。

気づくと、ウレシノは大広間に戻されている。みんなも一緒に。

悲鳴は、アキの声だった。

残された五人で顔を見合わせる。その瞬間、暴力的なほどの光がかっとその場を照らしだした。火の玉のような白い光が膨れ上がり――、鏡の弾ける、パンッという音が、その場に響き渡る。


光に目がくらんだようになって、こころの意識が、戻って来る。

真っ暗な城の中は、今はしんと静まり返っていた。こころの目から、涙が流れていた。なんの涙かわからない。みんな――、と念じながら、その涙を拭う。

そうしながら、今見たもののことを考えた。

考えて、考えた。

確認したいことが、――どうしても確認したいことがあった。

今の、暖炉で触れた×印から流れ込んできたのがウレシノの記憶なら。さっき台所の戸棚の中で見たものがマサムネの記憶であるなら。

食べられてしまった、という彼らの記憶が辿《たど》れるなら。

覗き見したいわけではないけれど、こころは確認したかった。ゆっくりと立ち上がり、前を向く。

思い出すのは、さっき、東条さんと話したことだった。この城の向こうに確かにある私の現実。

四月には引っ越してしまう萌ちゃんはこう言った。もうすぐなんだ——と、残念がるこころに向けて。

——仕方ないよ。パパたちは三月のうちに引っ越したかったみたいだけど、今年は四月の一日が土曜で、休みだから。

——〝今年は〟と萌ちゃんは、言った。

胸の絵本を両手で強く抱く。

帰るんだ、と思う。

あの子にもう一回、これを返してちゃんとお別れを言うために。

さっき雄叫びが聞こえたのは、大時計のある広間の方だった。

だとしたら、今はまだそっちには行けない。

急いでダッシュして、反対方向の、お風呂場を目指す。

〝オオカミさま〟の言葉は、確かにヒントを出していたんじゃないか――。こころの胸が、さっきの恐怖とは違うドキドキで張り裂けそうになる。

――会えないとも、助け合えないとも私は言っていない。いい加減、自分で気づけ。考えろ。私になんでも教えてもらえると思うな。私は最初からヒントをずっと出している。

浴槽《よくそう》には、今日も洗面器が置かれていた。いつ見てもそうだったのは、きっと、×印が描かれているのが、浴槽ではなく「洗面器の下」であることを強調したかったからなのだ。

洗面器をずらして、×印に触れる。

頭にドライヤーの熱風を感じる。見えるのは、――お風呂場。お風呂場の鏡の中に明るい色の髪をしたスバルが映っている。

そばにオキシドールと書かれた薬のボトルが置かれている。それを使ってスバルが髪を脱色している。

兄ちゃんにやられたって言おう、と、スバルが思っている。兄ちゃんはもう、実際には何日も家に帰ってこないし、オレのことをつまんない奴だって思ってるけど、兄ちゃんにされたって、みんなに言おう。

「スバちゃん、いつまでお風呂入ってるの。ごはんになるよ」

「昴《すばる》、早くしろ。朝から風呂なんか入るバカがいるか」

「わかったー」

間延びしたばあちゃんの声と、険しいじいちゃんの声に頷いて、ドライヤーを止める。

古い木造の家はお風呂場のガラスがガタついていた。工務店の名前が入った薄いタオルを手に取ると、うっすらとした汚れがついていた。

「血みたい」

ぽつりとスバルが呟く。

兄ちゃんの彼女の友達が、初めてセックスすると女は血が出るんだよ、と言っていたことを思い出して、少し笑う。あの子が血が出なかったのは、きっと初めてじゃなかったからだ。

「なんだ、その髪の色は」

風呂から出てきたスバルを見て、下着とステテコ姿のじいちゃんが顔をしかめた。そこまで強く咎められないのは、きっと、兄ちゃんの髪がかなり前から金色に尖ってたからだろう。兄ちゃんが乗っている〝先輩に借りた〟というバイクについて、じいちゃんは単に「音がうるさい」と怒っているけど、スバルはあれが誰かのを奪い取った盗品なんじゃないかということの方が気になる。制服に入れてる刺繍だって、結構高いらしいし。兄はその金をどうしてるんだろう。

「学校にも行かん、働きもしない。お前らは本当に親父に似てどうしようもない」

「ごめんごめん、じいちゃん」

「今は、高校くらい出とかないと苦労するぞ。だいたい」

「はいはい。おじいさん、もうごはんなんだから、スバちゃんに食べさせてあげて」

スバルの家の朝は早い。じいちゃんが碁会《ごかい》や畑仕事に出かけるまでの間、スバルは毎日、朝からじいちゃんの嫌みに耐える。曖昧にへらへら笑って、ばあちゃんの作ったごはんを黙々と食べて、同じ部屋でそのまま、教科書を開く。父からもらった音楽プレイヤーで好きな曲を聴きながら、城が開く時間になるまで勉強する。

成績がいいし、勉強ができるから学校に行かなくてもいいんだ、というスバルの嘘をばあちゃんは信じていたけれど、じいちゃんは「それでも本当は行くことが大事なんだ」と言って譲らない。けれど、そう言うじいちゃんも、具体的に学校の先生たちと話すとか、そんなことはしない。ただスバルに嫌みを言うだけだ。

学校の先生たちはみんな、学校に来いとかそういうことを遠方に住む父親にしか言っていないみたいだった。父も母も、スバルと兄のことは「問題児」扱いで諦めている。自分たちにも自分たちの人生があるのだから、お前も自分の人生の責任を取れ、ちゃんとしろ、と怒られておしまい。つまりは、誰も僕のために必死になる人がいないという状態なんだなぁとスバルは思っている。

思いながら、楽だけどつまんないな、と思っている。

聴いていたウォークマンが、カチリと音を立てて止まる。六十分のA面が終わったのだ。スバルはエンピツを置いて、カセットをB面に入れ直す。普段はラジオが好きだけど、さすがにラジオを聴きながらじゃ勉強には集中できない。

父のくれたもので一番好きなのは、スバルというこの名前。

こころは星の名前でファンタジーっぽいと言ってくれたけど、周りからは歌の名前と一緒だなって言われることが多い。まあでも、その歌だってもとは星の昴から取られているんだろうから、別にいいか。昴。プレアデス星団。別名六連星《むつらぼし》。

父がくれたものので二番目に好きなのは、このウォークマンだ。

今年、最新のものが発売になって、父が使わなくなったお古を譲ってもらった。

中学生で音楽を聴いて歩いてるって、ちょっとかっこよく思えて、城のみんなの前でもよくやってしまう。みんなあんまりそのことに反応したりしないけど、街の大人なんかは、おっていう目でスバルを見る。

学校の勉強より、こういう、新しい機械の仕組みを考えたりする方がスバルは好きだ。父親が金を出してくれると言っているから高校受験だけはしようと思っているけれど、どうせだったら現実の生活で興味があることの方を勉強できたらいいのにな、と思っている。

みんなはどうするんだろう。

そういうことを話し合いたいけど、あそこ、そういう話するのルール違反みたいな雰囲気あるからな、と城のことを考える。

「じゃ、おばあちゃん、今日も婦人会の仕事に行ってくるからね」

「はあい」

ばあちゃんが出かけた後、鏡が光る。

みんなは自分の部屋に鏡があるみたいだけど、僕はばあちゃんの鏡台なんだよなぁ、と紫色の布がかかった古めかしい鏡に手を置く。

城に行く。

みんなが来ている。

その中で、スバルは笑う。

スバルの日常には、フリースクールも、喜多嶋先生もいない。

みんな、自分の部屋があったり、親がいたり、楽しそうじゃん、と思っている。

必死になってくれる人のいる、人生じゃないか。

それを嫌だとか嫉妬《しっと》するとか馬鹿にするとか、そういう気持ちでもなく、ただ、感想として、スバルは思っている。みんな贅沢だなぁと。

オレは、自分がどうなったっていいと思ってるのに。

今日はたまたま城に来たけど、明日は、兄ちゃんの友達につきあわないとさすがにまずいかなぁと、どっちだっていいけど、考えている。仲間内で貸した漫画を返さない奴がいて、舐めた真似してるから痛い目見せないといけないから、だからお前も来いよって、僕も呼ばれたっけ。

まあいっか。

どうせ、あと十年ちょっとすれば、世界だって終わるかもしれないんだし。

この間、親父に電話しようとして――マサムネからクリスマスにもらったテレカを使おうとしたら、あのテレカ、使えなかった。

未使用で、五十度まるまる残っていそうなのに、入れてすぐに戻されてきて、おや、と思ったらカードの上に「ＱＵＯ」と書かれていた。なんだこれ、とスバルはカードを眺める。電話ボックスのガラスを通した光が、カードの表面を撫でる。スバルの知らない漫画のキャラクターたちがカードの中に描かれていて、マサムネはおもちゃのカードをくれたのかな、と思う。

文句を言おうと思っていたのに、忘れていた。

次に会ったら、言おう。

三月の、最後の別れが来る前に。

そう思っていたのに。

〝オオカミさま〟の雄叫びが聞こえて。

「アキちゃん。どこ!? もう帰らないと時間だよ。さっき、雄叫びが……」

「いいよ、ウレシノ。仕方ない」

「オレたちだけでも、帰ろう。ひとまず、そうしないと時間が……」

鏡をすり抜けて自分の家に戻る途中で、アキのことを考えた。

鍵を見つけたかったんだね――と、思う。

叶えたい願いがあって。

だけど、それが叶わないから、城から現実に戻らない方を選んだ彼女の勇気を純粋にすごいと思う。自分にはできない。

けれど、鏡の向こうから家に戻ってすぐ、城に戻されて。

アキの悲鳴と、〝オオカミさま〟の雄叫びが聞こえて。

「スバル、こっちだ。こころを呼ぼう!」

リオンが叫ぶ。スバルも頷いた。

「こころちゃんだけは今日、来てない。戻されてないし、食べられないで済む。こころちゃんに助けを――」

逃げるみんなの背中を見ながら、はじめて湧き起こる気持ちがあった。

死にたくない。

まだ、死にたくない。

どうだっていい――はずなのに、まだ、何もしていないと思ってしまう。自分が何かをやりたいんだと、気づいてしまう。

また、狼の雄叫び。

「きゃあ！」

フウカが目をつぶって叫ぶ。「フウカちゃん！」と声をかけながら、スバルは気づいた。

まだ死にたくない。

みんなにも、まだ死んでほしくない、と思っていることを。

⚜

額から衝撃が抜けて――。

こころはまた、泣いていた。涙を拭う。

助ける、と思う。

私が、みんなを助ける。

城の中は再び静かになっていた。

こころは自分がどこを通ればいいのかを考える。

大広間があるのは、みんなの、それぞれの部屋のある長い廊下を抜けたその先。

いつもは平然と歩いていた廊下なのに、今日は途方もなく長く思える。

だけど、行くしかない。

呼吸を整え、ダッシュする。

やれるのは、私しかいない。

自分の足音が狼に聞かれたらどうしよう――、泣きそうな気持ちでひとまず〝ゲームの間〟を目指す。飛び込んできた光景に、こころは目を見開いた。

〝ゲームの間〟は、荒れ放題に荒れていた。

マサムネのゲーム機が、もうどこに行ったのかわからないくらい、ソファもテーブルも置物も花瓶も、全部、ぐちゃぐちゃだ。

痛々しいものから顔をそむけるようにして、顔の向きを変え、各自の部屋の方向を見たところで、また、雄叫びが聞こえた。

アオオオオオオオオオオオオオン、

いい加減にして！　と思う。

雄叫びは大きすぎて、どっちの方向から聞こえるかわからず、こころは咄嗟に、衝撃に吹き飛ばされるのをこらえるように、一番手前の部屋のドアノブを摑んだ。声の衝撃が強い風のように頰を打つ。

そのまま、部屋に逃げ込むと、ようやくその風が消えたように、雄叫びの余波《よは》を感じなくなる。

暗い部屋を見回す。

共用スペース同様に、ひとりひとりの部屋の中も荒れていた。中に蓋《ふた》がひらきっぱなしになった、ピアノがあった。あちこち壊れ、歯抜け状態になった鍵盤が無残《むざん》だった。

フウカの部屋だ、と気づいた。

中に入るのは初めてだった。こころの部屋より狭い。ピアノはあるけど、こころの部屋にあるようなベッドも本棚もなかった。

すぐ近くに、崩れた机が見えた。机の上に、フウカのものと思《おぼ》しき教科書や参考書、勉強道具が置かれている。

(私の部屋の机の下にも、たぶんある)

×印が――。

手を伸ばす時、気が咎めた。けれど、こころは思い切って印に手を置く。

確証が欲しかった。

みんなの記憶を通じて、できることなら、知りたかった。


フウカがピアノを弾いていた。

自分の家の、ピアノの部屋で。

一人で静かな時間を過ごすのが、フウカは好きだ。

部屋に、カレンダーがかかっている。十二月二十二日の日曜日に赤くマルがつけられ、コンクール、と書かれている。

次のコンクールまで、あと少し――。


「お母さん、風歌《ふうか》ちゃんは天才です」

ピアノ教室の先生が言う。

フウカはまだ小学校に入る前。

仕事に忙しいお母さんが、近所の、美麻《みま》ちゃんのお母さんに誘われて行ったピアノ教室の無料体験レッスンで――、無料レッスンの終わる三回目、そう言われた。

「才能があります」と。

お母さんが目を見開いて、驚いている。驚きながら、お母さんの顔が輝く。本当ですか、とお母さんが聞く。うちのフウカが――。

「吸収力が他の子と全然違う。長く教室をやっていますが驚きました。海外留学も視野に、この先のことを考えた方がいいと思います」

フウカはそれを、お母さんの横で聞いている。自分のことを話しているらしい、と聞いている。

「無料体験が終わるから……。うちに続けさせようと思って、言ってるんじゃないです、よね？」

疑り深い様子で、お母さんが聞く。仕事用に提げた、持ち手のところが茶色くなった鞄から、お母さんを呼び出す携帯電話の振動がぶるぶる、伝わってくる。お母さんがそれに出ないのは珍しかった。

「とんでもない。私も驚いているんです。全部の子に言っているわけではありません」

先生の言葉は、その通りだった。

事実、先生は、一緒に行った美麻ちゃんにも、美麻ちゃんのお母さんにも、そんなふうには言わなかった。

才能がある、才能がある、才能がある。
私は他の子と違う――。

学校の体育を、フウカは見学している。

みんながやってるバレーボールの輪。

体育座りして壁の隅に張りついて眺めていると、そこに美麻ちゃんがクラスメートの女子たちとやってくる。

「やらないの？」

「あ……。うん」

フウカが体育をやらないのはいつものことだ。バレーボールなんて、突き指でもしたら大変だ。

まだ一年生の頃、跳び箱の着地を失敗して足を捻《ひね》った時でさえ、フウカのお母さんが学校にやってきて、あの時は大騒ぎになった。この子はコンクール前の大切な時なんです！　今回は足でしたけど、これが手だったらどうされるおつもりですか!?

答えたフウカを前に、美麻ちゃんたちが顔を見合わせる。彼女が言う。

「ほら、風歌ちゃんはピアノがあるからだよ」

「ああ……」

彼女たちがフウカの前から行ってしまう。去り際に、クスクスと失笑が漏れる。

「指が大事なのに怪我したらどうしようー」

「私はピアノがあるのにぃ」

声は大きくて、フウカにむしろ聞かせるために言ったように聞こえた。

ピアノ、ピアノ、ピアノ。

小学校のフウカの日々は、学校とピアノの二層にくっきり分かれている。時間の過ごし方は、だんだんと学校がピアノに押され、フウカ自身もそれでいいと思っていた。

学校を休んで、京都に住む有名な先生のところにレッスンに通え、と言われた。京都のおばあちゃんの家から通う。

練習しなさい、とは言われても、勉強しなさい、と大人に言われたことは一回もない。

「出席日数って、先生は仰《おつしや》いますけど、風歌のコンクールの成績を見ていただけます？　これは学業に匹敵《ひつてき》することだと考えてはいただけないんですか」

お母さんが学校で、先生に言う。

小学生の頃から、学校には、あまり行っていなかった。それでいい――と思っていた。

小学校最後のコンクールで、優勝を目標に取り組んで、けれどその結果が十九位に終わる、までは。

不調だった、わけじゃなかった。

いつも通り、うまく弾けたと思ったし、大きなミスの心当たりもない。

けれど、十九位。

全国コンクールなのだから、それでもすごい、とおばあちゃんは言ってくれたけれど、お母さんの顔がショックを受けていた。後で見せてもらった評価の点数は、一桁《ひとけた》台の順位の子とはものすごい差があった。

「大変だな」と、おじいちゃんがおばあちゃんに話すのを聞いた。

「で、風歌はいつまでやるんだ?」

フウカの家には、お父さんがいない。

ひとり親なんだからそんなに無理する必要はないんじゃないか、とおじいちゃんもおばあちゃんもお母さんに言っていた。それにお母さんが噛みつくように答えていた。「無理じゃない、無理なんかじゃない」。

海外留学は、どの国の、どの学校に行くとか、どの先生につくとか——、そういうのがまだ決まらないからと、フウカは日本にいるままだった。

フウカはそれを、うちにお金がないからじゃないかと密かに思っていた。お母さんは毎日、働きづめに働いていて、フウカがピアノから帰っても、家にいたことがない。つめたいおにぎりが夕闇迫る部屋に残されていて、レンジでチンしようとしたら——電気が止まっていたことがあった。

小学校の家庭訪問で、先生が驚いていた。小さなアパートに立派なピアノと防音設備だけがある部屋。冷蔵庫にはいつも、お母さんがパート先からもらってきたお弁当やパンや、すぐに食べられるものしかない。お母さんが料理や掃除をしているところは、あんまり見たことがない。働いて、働いて。とても忙しいから。

　それでも、ガスは止まる。ガス、電気、水道の順に、ライフラインは命に大切なものが最後に残るような順番で止まるのだと、妙に感心した。ひとりでレッスンに通う時に危なくないように、と持たされていた携帯電話も、この間お母さんにかけようとしたらつながらなくなっていた。

　ピアノを習いながら、だんだん、気づいていた。

　私は、分不相応《ぶんふそうおう》なことをしているんじゃないか。

　お金のこと、だけじゃなく。

　才能のこともそうだ。留学できなかった理由は、お金じゃないんじゃないか。

　本当は、フウカくらいの実力じゃ、受け入れてくれる先がなかったんじゃないか。コンクールで結果を残さないと、留学なんて、夢のまた夢だったんじゃないか――。


　いつまでやるんだ？

おじいちゃんに言われて、気づいた。

自分が中学の勉強に、全然、ついていけないことに。

勉強する時間が、今の調子でピアノだけやっていたら足りないかもしれない、ということに。


おじいちゃんのその言葉に、お母さんが「信じられない！」と大泣きしていた。お父さん、どうしてそんなことを言うの。もう、この家にはフウカをつれてこない。会わせない――そう泣き叫ぶお母さんを、おばあちゃんがおろおろと慰め、二人の間を取りなしていた。

京都のおばあちゃんの家に一緒に住んだら――という提案をもう何度もお母さんは断っていた。今の仕事は正社員だし、今やめたら次はもう正社員になんてなれない。そしたら、私とフウカは暮らしていけない。ピアノだってやめることになってしまう――。

中学に入って、お母さんはいっそう、フウカのピアノの応援をした。

フウカは、お母さんが好きだった。

五歳の時、交通事故で亡くなってしまったお父さんの分まで、フウカを大事に育てくれたお母さん。宅配便の事務の仕事と、夜はお弁当作りのパートを掛け持ちして。

「お母さんには特別な才能なんか何もなかったから。フウカにもしそれがあるなら、お母さん、自分にできることはなんだってやってあげたいんだ」

だけど、お母さんの顔が疲れていく。本当はピアノを弾くんじゃなくて、お母さんを助けた方がいいんじゃないかと何度も思った。

レッスンじゃなくて、その時間で、お母さんに温かいお味噌汁《みそしる》とか、ごはんとか、作ってあげたい。たまには、パート先のお弁当じゃないものを食べさせてあげたい。まだバイトはできないけど、自分が働いてお金を稼《かせ》ぐことができない子どもなのが苦しかった。

ピアノで結果が出せないのが、悲しかった。

だから思った。

ここでやめたら、もったいない。

これまでずっと、ピアノにつぎ込んだ時間とお金が無駄になってしまう。

中学に入学してからは、学校にはますます行かなくなった。行ってもみんなと話が合わない。体育に出ない、部活もやらないフウカは、みんなからは浮いていた。

それでいいと思っていた。友達も、いなくていいって。

でも、ある日、ピアノを弾いていたら玄関にある鏡が光って。

この城に来て、みんなに会って――。

自分の部屋をもらって行ってみたら、また、ピアノがあるのを見た。試しに音を出してみたけれど、次の瞬間、鍵盤を、乱暴に、バーン！　と両手で叩いていた。

こんなとこまでピアノ、いらない、と思った。


「リオンって、その年でもう海外で一人で暮らしてるってこと？　それって向こうの学校とかコーチからスカウトされたとか、そういうこと？」

「いや。日本のチームの監督に推薦状くらいは書いてもらったけど、その程度だよ。親が学校決めただけ」

同じ中学生で、もう留学してる子がいるんだと思ったら、胸がすごく苦しくなった。

私は人と違うし、特別なんだと思っていたけれど、違うのかもしれない。

「明日から夏期講習だから、しばらく城には来られないんだ」

みんなにはそう言いながら、京都の――先生のところに通う。夏のコンクールに向けて。

フウカのひとつ前の順番でレッスンを受けている子の演奏が、自分よりうまい気がして耳を塞ぎたくなる。自分がうまいのか、そうじゃないのか、もう弾きすぎていて、よくわからない。

夏のコンクールで、フウカは、圏外《けんがい》だった。

三十位以下の子は一律、「圏外」という結果が出る。

小学校最後の時のコンクールよりずっと規模の小さなコンクールだと言われていたのに、そうだった。

結果の紙が張りだされた廊下で、フウカは足がすくむのを感じた。ピアノと一緒に自分の体が冷たい海の中に沈んでいくような――そんな気がした。

夏のコンクールが終わって東京の家に戻り、城に行った日、こころがお菓子をくれた。

「誕生日プレゼント」と言って。

箱菓子を丸々ひとつ食べることは、フウカの家では滅多にないことだ。ひとつひとつ、本当においしく思って食べた。

コンクールの前にも、アキが同じように誕生日プレゼントをくれた。

ウレシノが、「好き」って言ってくれた。

みんな、女子全員を順番に好きになるなんて、「げーっ」て言ってたけど、アキやこころみたいな女の子を好きになった子が、私のことまで好きって言うなんてっ て、ちょっと言葉にできないくらい、びっくりしたけど、嬉しかった。

マサムネがゲームをやらせてくれた。

男子は、かわいい女子にしか自分の楽しみを触らせてくれないと思ってたのに。

スバルが「フウカちゃん」って呼んでくれる。スバルくん、紳士っぽくて好きだ。

リオンみたいな目立つタイプの男子まで、私のこと仲間みたいに呼んでくれる。

「フウカ」って。

そのたびに、私、自分が「フウカ」でよかったなって思う。

才能があるないなんてことに関係なく、みんなが私と話してくれていることが、わかるから。

「あら？　こんにちは。初めまして、かな？」

「……こんにちは」

挨拶しながら、フウカは、この人が喜多嶋先生か、と思っている。ようやく会えた、と。

みんなはお母さんと行ったみたいだけど、フウカは、親に内緒で、一人でフリースクールの「心の教室」を訪ねた。

みんなが頼りにしている喜多嶋先生。こころやウレシノの口から何度も名前が出てきて、フウカも会ってみたくなった。

先生は、雪科第五中学にもよく出入りしていて、二年生で欠席の多いフウカのこともすでに知っていた。来てくれて嬉しいよ――と言ってくれた。

少しずつ、少しずつ。

とりとめのない、おしゃべりをした。

コンクールの圏外の結果を受けて、お母さんは、心が少し折れてしまったようだった。前のように必死になって「練習しなさい」とフウカに言うことはない。「レッスンか学校か、どっちに行ってもいい」というような雰囲気になっていた。

フウカは学校に行くふりをして、「心の教室」や城に通った。

学校になんかもう戻れないのに。お母さんは、フウカにどうなってほしいんだろう。

いつまでやるんだ、と言ったおじいちゃんの言葉が、呪《のろ》いのように体の底で聞こえた。

喜多嶋先生と話すうち、もやもやしていた心の不安が、本当はすごく大きかったことが自分でもわかっていく。

フウカは話していた。

もう今更戻れない。

勉強だってついていけない。

ピアノを続けていいのか、わからない。

「じゃあ、勉強しようか」

喜多嶋先生が言った。明るく、「手伝うよ」と。

「風歌ちゃんはつまり、自分がハイリスクなことをしてきちゃったんだって思ってるように、そう聞こえる」

「ハイリスク？」

「ずっとひとつのことに取り組んできて、これで優勝できなかったり、ピアニストになれなかったらどうしようって、そう思ってるように聞こえたの。それで言うなら、確かに勉強は一番ローリスクなことかもしれない。やればやっただけ結果は出るし、これから何をするにも絶対に無駄にはならないから」

両方やろう、と先生が微笑む。

「ピアノも、風歌ちゃんにとって大事なものだってことが、よくわかるよ。だけど、ピアノで苦しい思いをしなくてもよくなるためにも、今は、勉強もやろうか」

「教えて、くれるんですか？」

尋ねるフウカに、喜多嶋先生が「うん？」と首を傾げた。その目が嬉しそうになる。

「当たり前だよ。ここは、〝スクール〟だもん。勉強も教えるよ」

城の部屋にこもって、フウカは教科書を開く。喜多嶋先生に出された、中学一年生の内容の宿題をやるために。もうすぐ、中二のものに追いつくことができそうだ。

お母さんも、誰もいない環境で、静かに集中して勉強できた。

冬の、十二月にもコンクールはあったけれど、夏の時ほどには心は乱されなかった。

部屋のピアノを弾くことは、一度もなかったのだ。
二月の――あの、最後の日までは。

二月の最終日。

来てみると、誰もいなくて。光っている鏡は自分のもの一つだけで、フウカは一瞬、城が閉まるのは今日だったっけ？　と思った。三月じゃなくて、二月の終わりの間違いだったっけ？　と。

「〝オオカミさま〟！」

不安に駆られて声をかけたけれど、〝オオカミさま〟も出てこない。こんなことは初めてだった。

部屋に行って、その時ふと、ピアノを弾いてみたくなった。

鍵盤の蓋を開け、指を乗せる。ポロン、と音が出て、調律も万全だ、とわかる。ドビュッシーの『アラベスク』と、ベートーヴェンの『月光』。

一度指を動かすと、夢中になった。

集中できた。

静かな空気が心地よい。ああ楽しい――とそう思った。

だから弾き終えるまで、そこに人が立って聞いていたことに気づかなかった。弾き終えてピアノから顔を上げる。廊下のドアが開いていて——アキが立っていた。

「……びっくりした」

アキが目を見開いている。

「勝手にドア開けてごめん。だけど、フウカ、すごい……。何、これ。ピアノ、弾けるの？　っていうか、弾けるなんてレベルじゃないよね、これ」

「あ、うん、まあ」

「天才じゃない？」

「天才……じゃないよ」

痛みを伴う言葉のはずなのに、アキに言われると自然と苦笑が浮かんでそう答えられた。「うわっ！」とアキが言う。

「あと、何これ？　教科書？　あんた、部屋にこもってること多いなって思ってたけど、ここに来てまで勉強してたの？」

「ああ……」

フウカは机の上の勉強道具を見る。

「勉強は、一番、ローリスクだから」

「へ？」

「才能があるかどうかなんて賭《か》けに乗るより、地道だけど、一番確実な方法かもしれないって思うんだ」

嫌みに思われなければいいな——と思いながら、アキに言う。

「やっておいて絶対に無駄にならないって、教えてくれた人がいて」

これまで、態度が尖ることも多くて話しにくいところもあったアキ相手に不思議だったけれど、今日は城に二人だけ、という気安さがフウカの気持ちと口調を軽くした。

コンクールのこと、学校のこと、勉強のこと、お母さんのこと、喜多嶋先生のことを順に話す。だから勉強することにしたのだということも。

「私もやろうかな、勉強……」

聞き終えたアキがそうぽつりと言ってくれて、だからフウカも「うん」と頷いた。

「そうしなよ。一緒にやろう」と。

ここでのことを、忘れたくない。

みんなと一緒に過ごしたこと。

自分で決めて、少しは不安じゃなくなったこと。

こころと、アキと、スバルと、ウレシノと、マサムネと、リオンと、会えてよかったと思っていること。


「アキ！」

光り続ける鏡を前に、フウカは叫ぶ。叫んで、アキを呼ぶ。

「帰ろうよ！　アキちゃん」

戻らないアキ。

鏡の向こうから城に戻されて、こころの家に繋がる鏡の前で、頼む。忘れたくない。願いを叶えたら、忘れてしまう。

アキの身勝手に、言葉にならないほど怒っている。

だけど――。

「願いを、こころ――」

一緒に過ごしてきたあの子が、消えるなんて、ダメだ。

一緒に勉強しようって、約束したのに、ダメだ――。

願いを叶えて。

鍵を探して。

心から、そう、望む。


こころの額に、また、かん、と衝撃が抜ける。こころは無言で涙を拭う。フウカの部屋のピアノの鍵盤に、手を置く。

待ってて、と机の方を見て、呼びかける。

ちゃんと、助けるから。

そして言うから。

私も、フウカと会えて、本当によかったって。


フウカの部屋の隣が――リオンの部屋だった。

こころは今度もちょっと躊躇《ためら》う。躊躇いながら、それでも――部屋を開ける。

リオンの部屋は、どことなく男の子っぽかった。いつの間にか持ち込んでいたらしい麻袋やサッカーボールが転がっている。部屋の中は他の部屋同様、狼に荒らされた後のようになっていたけれど、それでも思う。リオンの部屋だと。

リオンの言葉通り、ベッドの下に、×印があった。その印に触れる。

おそるおそる、触れる。

リオンは、気づいていた。

〝オオカミさま〟が、『赤ずきん』の〝オオカミさま〟ではなくて、『七ひきの子やぎ』の〝オオカミさま〟だってことに。

どうして気づけたんだろう——、そして、なぜ、みんなにそれを言わなかったんだろう——。

思っていると、かわいらしい声が聞こえた。


「とんとんとん、おかあさんだよ。——嘘だ！　狼だ」

小学生——だろうか。女の子が絵本を広げている。絵本を読んでいる。

リオンのお姉さんだ。名前は——ミオちゃん。

入院用のガウン姿で、帽子を被《かぶ》っている。——髪の毛がないんだ、と気づいた。

リオンはまだ五歳。お姉ちゃんの病院に来るのがとても好きだ。

お姉ちゃんは髪の毛はないけど、目が大きくて、色が真っ白でとてもかわいい。

大きくなったら誰と結婚したいか、と幼稚園で聞かれるたび、リオンは「姉ちゃん！」と答えている。

姉の読む絵本がおもしろくて、ゲラゲラ笑う。お姉ちゃんは絵本を読むのがとても上手で、表情豊かに、「おかあさんだよ」と「嘘だ！　狼だ」のやり取りをさっきから何度も繰り返してくれる。

途中で、リオンに「さあ……。どっちだと思う？　お母さんか、狼か？」と聞いてくれるので、リオンもはしゃいで「狼だ！」と話の中に参加する。

「さあ……、じゃあ、どうかな？」

もったいつけてページをめくるお姉ちゃんは優しくて、何度も読んでもらった絵本だけど、リオンも毎回読んでほしいとねだってしまう。

今日は絵本だったけれど、リオンのお姉ちゃんは自分で話を作って聞かせてくれるのもとても得意だ。ミオの聞かせてくれるそういう話がおもしろくて、リオンは、姉ちゃんは絵本を描く人になればいいのに、と思っていた。未来のロボットの話や閉じ込められたお屋敷でのスパイの犯人捜し。――売っている本よりよほどおもしろい設定の話を、お姉ちゃんが次々にしてくれる。

「さあ、理音。帰るのよ。続きはまた明日」

「はあい」

「はあい」

お母さんの声が割って入って、リオンとお姉ちゃんは不承不承《ふしょうぶしょう》頷く。

消毒の匂いがほのかにする病院の部屋から、リオンが両親と手をつないで帰る。

お姉ちゃんが、「またね、理音」とリオンに手を振る。

「また明日来るからな。実生《みお》」

リオンのお父さんが言う。

帰り道、赤くなった秋の葉っぱが続く並木道で、リオンのお母さんが、ふいに、リオンに言った。

「――理音。あの話ね。お姉ちゃんに、あんまり読ませるの、よくないと思うの」

「なんで?」

姉は楽しそうに読んでくれているのにどうしてだろう。リオンの手をつないだ、お母さんの手が震える。もどかしそうに、こう答える。

「『七ひきの子やぎ』は、実生が幼稚園でみんなとやるはずだったのに、できなくなった劇なのよ。お姉ちゃん、きっと、そのこと思い出してる」

「よさないか」

リオンのお父さんが言う。

「そんな昔のこと、実生も覚えてないと思うぞ。あの絵本が好きみたいだし、二人とも楽しそうじゃないか」

「あなたは黙ってて！」

リオンのお母さんが叫ぶ。叫んで、唐突にその場に崩れ込んだ。

「なんでよ……」

小さな呟きが、その口の間から洩れる。

「なんで、実生なのよ。実生じゃなきゃ、いけないのよ」

リオンは突然振り払われた自分の手をびっくりしたように見る。リオンのお父さんが、お母さんの背中をさする。お母さんを立たせる。

リオンはオロオロと、そんな両親を見つめる。

「……ごめんなさい」

自分が怒られたのかと思って、リオンが謝る。けれど、お母さんは答えない。黙ったまま唇を噛みしめている。お母さんの代わりに、お父さんが「いいから」とリオンの頭を撫でた。

「ねえ、理音」

別の日、病室に行ったリオンに、姉が話しかけてくる。

「理音は、ずっと元気でママたちのそばにいてね」

「え、うん」

どういう意味かよくわからないけど、リオンは頷く。ミオが笑う。

今日は、病室に新しいおもちゃが持ち込まれている。クリスマスリースのようなものが窓辺に置かれていて、クリスマスだということがわかる。

ベッドの上に、立派なドールハウスが置かれていた。ドールハウスからコードが延びていて、中に豆電球の明かりがぱっとついている。海外製の、とても大きなものだ。英語の説明書が一緒に開かれている。

「もし、私がいなくなったら――」

ミオが言う。

「私、神様に頼んで理音のお願いを何かひとつ、叶えてもらうね。いつも、我慢させちゃってごめんね。旅行も行けなかったし、理音のダンスの発表会、ママ、行けなかったでしょ？」

姉がどうしてそんなことを言うのかわからなくて、リオンはきょとんとする。

姉がいなくなるわけないし、うちが旅行に行かないのも、リオンの何かにお母さんが来ないのも当たり前のことなのに、何を言ってるんだろう、変なの、と思っている。

「神様にお願いするね」

お姉ちゃんは繰り返した。

「じゃあ、オレ、姉ちゃんと学校行きたい」

もうすぐリオンは小学校に入る。お姉ちゃんと一緒に学校に通いたい。一緒にそこで勉強したり、遊んだりしたい――。

そう言うと、お姉ちゃんは黙り込んだ。急に静かになってしまって、リオンはどうしたんだろう、と思う。

少しして、お姉ちゃんが顔を上げて、首を振る。

「理音が来年小学校に入る頃は、私も中学生だよ。一緒の学校には行けないよ」

でもありがとう――と、お姉ちゃんが言った。

「私も、行けるなら理音と一緒に学校行きたい。――一緒に遊びたいよ」

壁に、お姉ちゃんの中学の制服がかけられている。

いなくなるわけない――と思っていたお姉ちゃんは、いなくなった。

最後に姉と話したのは、姉が亡くなる、数時間前。

弟の方に手を伸ばした姉が、うわごとのように言った。

「理音。――怖がらせちゃって、ごめんね。だけど、楽しかった」

自分が死んでしまうその時まで人の心配なんてどんだけ優しいんだよ、と思ったことを覚えている。

苦しがる姉の姿は、姉が言う通り、怖かった。怖くて、別れたくなくて、リオンはいつまでも泣いていた。

四月頭の、春の雨が降るお葬式で、リオンはお父さんの横に座り込んでいる。お母さんは魂が抜けてしまったように真っ白い顔になって、やってくる誰の言葉にも虚《うつ》ろな目で頭を下げるだけだ。

ずっと元気でママたちのそばにいてね。

姉が言った言葉はこういう意味だったのだ、とリオンはその席でようやく理解した。

姉の病室にかかっていた中学の制服は、一年間、そのままだった。いつか行けたらと思ってかけられていたけれど、結局一度も着られることがなかった。

「あなたは本当に元気で、いいわよねえ」

お母さんに最初に言われたのは、リオンが小学一年生の——姉のミオが病気になったのと同じ年になった頃のことだ。

ちょうど、近所のチームでサッカーを習い始めて、楽しくなり始めた時のことだった。ボールを手に、その日もサッカーに出ていこうとしたリオンに、お母さんが言った。

「あなたのその元気すぎる元気の、半分もあの子にあればよかったのに」

リオンは口がきけなくなる。

どうしていいかわからなくなって、「あ、うん」とつい答えた。お母さんは「うん、って……」と呆れたように言って、目を伏せた。

姉の病気がわかったのは、お母さんがリオンを妊娠している間のことだった。姉の病気の治療と赤ん坊のリオンの世話が重なったその数年間が本当に大変で、母がそれを悔いているらしいことは、リオンももう知っている。

病気がわかった時、姉は小学校に入る少し前。結局一度も、学校には行けなかった。

リビングの奥に、お姉ちゃんの写真が飾られていた。

まだ入院する前のピアノの発表会のものと、家族みんなで撮ったもの、亡くなる少し前に病室で母と撮った写真。窓辺に、両親がプレゼントしたあのドールハウスが飾られている。

元気でそばにいても——。

それは、母たちの慰みにはならないのだと、何時《いつ》の頃からかリオンは悟った。

運動神経は、人よりよかった。それさえ、母にとっては「なぜ」の理由になる。

「なぜ、姉と弟なのに、弟はこんなに丈夫なのか」、「その元気と寿命の少しでも、実生にあったらよかったのに」と。

「理音くん、すごいですね。今度、あのクラブチームからスカウトが来たって聞きましたよ」

同級生のお母さんが、リオンのお母さんに言う。けれど、リオンのお母さんは「そんなそんな」と首を振る。

「あの子が好きでやってることですけど、親は何もそこまでのことを望んでいるわけではないですから」

友達と同じクラブチームでこれからもサッカーを続け、同じ中学にも、あいつらと行くのだと思っていた。

けれど、小学六年生になった頃。お母さんが「これ」とパンフレットを持ってきた。

ハワイの学校の。

寄宿舎生活、とあるのを見て、リオンの胸が凍りついた。まず思ったのは、怖いということだ。

嫌だ、ということだ。

毎日、当たり前に帰ってくることができた、この家に帰ってこられなくなる。知らない場所、言葉さえ通じないかもしれない場所で何年も。知っている友達も先生も、両親もいない。

今の同級生たちと一緒に卒業して、同じ中学に行くのだとばかり思っていたのに、秋にはもう向こうの学校に入るように、と言われた。

卒業式さえ、クラスメートと一緒に出られない。

「あなたの可能性が伸ばせると思って」

母が言う。

真面目な顔して見つめられると、ああ——と思い知った。母は、リオンに遠くに行っていてほしいのだ、と。


「すげえ、ハワイの学校？」

「プロ選手、何人か出てる学校なんだろ？」

「理音はすげえな」

友達からもそう言われると、どんどん、逃げ場がなくなった。リオン自身、そうするのもよいのかもしれないと思い始めていた。

「——いい学校だとは思うけど、リオンはどう言ってるんだ？」

「行きたいって」

ある夜、両親が話しているのが聞こえた。仕事から帰ってきたリオンのお父さんが「本当に？」と聞く。

「まだ小学生の子どもの意思なんて、親の意思も同然だぞ。本当にそう言っているのか？」

「言ってるわよ。行ってみたいって」

お父さんの言葉を聞きながら、リオンは思う。違うよ、父さん。あながち、そうでもない、と。

小学生の子どもにも、意思はある。

ここに居続けたら苦しいんだってことくらい、オレにだってわかる。

距離を取りたいのは、オレも同じなんだ。


どうしよう、ごめんなさい。

元気でいても、オレじゃ、役に立たなかったよ、姉ちゃん。


ハワイで過ごす、二回目の年末。

クリスマスに会いに来たリオンのお母さんはケーキを焼いて——、帰っていった。

年末年始、一緒に帰ろうとは言ってくれなかった。

光らない鏡を見つめて、リオンは、鏡が光らないかな、と待っている。昼下がりの自分の部屋で、「光ってよ」と、鏡を撫でる。

虹色に輝きだす瞬間がやがてやって来ると、リオンは笑顔になる。腕時計をして、鏡の中にゆっくり、手を入れる。

アオオオオオオオオオオオオオオン、

「アキちゃん。どこ!?　もう帰らないと時間だよ。さっき、雄叫びが……」

「いいよ、ウレシノ。仕方ない」

「オレたちだけでも、帰ろう。ひとまず、そうしないと時間が……」

戻ろうとして、引き戻されて。

どうしようもないことが起きたんだ、と思った瞬間、叫んでいた。

「スバル、こっちだ。こころを呼ぼう!」

こころの部屋に通じる鏡に向けて、叫ぶ。

「こころ、頼む!　〝願いの鍵〟を探してくれ!」

本当は、気づいていた。

〝オオカミさま〟がことさら『赤ずきん』を強調するのは、フェイクなんじゃないかって。

自分たちは全部で七人。

「赤ずきんじゃない。〝オオカミさま〟はたぶん、『七ひきの子やぎ』の狼なんだ！」
鍵は、きっと大時計の中。
願いを叶えようと思って、リオンがずっと、密かに胸にしまっていた場所。

額が、痛む。
かあーん、と大きな衝撃がこころの顔を包み込む。
小さい頃、鉄棒に失敗して顔を正面からぶつけた時みたいだ。

その時ふいに、リオンの姿が途切れた。
声が聞こえた。

――お前の願いは――

誰の声か、わからない。声は本当に聞こえているのか、それとも耳の奥が震えただけか、わからない。それに、別の声が答える。今度は子どもの。女の子の。

――私は――！

――私は大丈夫。だから、どうかあの子と一緒に――

「見えてるか？」


見えていた誰かの記憶の光景に割り込むように、声が聞こえた。

その声に、こころははっと目を開ける。ベッドの下から手を引いて振り返り――、大きく、悲鳴を上げた。

「〝オオカミさま〟……！」

部屋のドアを開けて、廊下に、〝オオカミさま〟が立っていた。

いつものあの調子で。

フリルのついたエプロンドレスに狼面。

ただし、城の中が異様な迫力に包まれ、暗いせいで、いつもとはだいぶ印象が違う。こころは咄嗟に逃げ出そうとする。しかし、狭い部屋の中では逃げ場がない。

〝オオカミさま〟はドアの向こうに立ちふさがるように立っている。

それでも腰を浮かし、逃げ出そうとしたこころに、「待てよ」と〝オオカミさま〟の声がかぶさる。ふーっと、ため息を漏らす。

「お前が逃げ出そうとするのは二度目だな。最初の日のことを思い出す」

「だって……」

みんなを食べてしまったという、大きな狼。

こころの中で、それは、目の前のこの〝オオカミさま〟が変身した姿のようにも思えていた。足音に気をつけながら、気持ちの上では、この子から身を隠しているつもりだった。

なのにまさか会話ができるなんて。

さっきまで雄叫びに怯え、あんなに怖かったのに、平然と話しかけられるなんて思わなかった。

すべてが何かの間違いだったんじゃないかと思うけれど、〝オオカミさま〟のドレスの裾を見て、考えを改めた。ドレスの裾が、城の中同様……ボロボロだった。フリルが破れ、ほつれている。服も狼のお面も汚れている。

「私にもどうにもならないんだ。一度ルール違反が起こってしまうと止められない」

〝オオカミさま〟が言う。

「ここを作る時の、それが条件。どんなことにも代償はつきものなんだ」

〝オオカミさま〟がお面の鼻先をこころの方に向けた。

「お前は食われない。――ペナルティーの対象外だ。命拾いしたな」

「他のみんなは――」

「埋葬《まいそう》されてる。見ただろう、その印の下だ」

ああ――、とこころは目を閉じる。

やはり、この×印は墓標《ぼひょう》のようなものなのだ。

「気づいたのか？」

〝オオカミさま〟が聞く。

何について聞かれているのか。こころにはわかっているつもりだった。「うん」と頷く。

「気づいた――と思う」

「そうか」

「〝オオカミさま〟、ひとつ教えて」

「なんだ」

「私たち、〝会える〟よね？」

こころの問いを受けた〝オオカミさま〟が一瞬、黙り込む。

お面のせいで表情が見えないけれど、この子には、もともと顔なんてないのかもしれない。鏡の城の番人。最初から、この狼の顔が、この子の顔なのかもしれない。

敵か味方かも、わからない。

こころがもうひと押し、重ねて聞く。

「今すぐじゃないかもしれないけど、いつか、会うことはたぶんできる。そうだよね？」

「それは、今日、無事にここから帰れれば、の話だ」

〝オオカミさま〟が言った。

その言い方を、こころは肯定だと受け取る。やはり、そうなのだ——と言葉を嚙みしめる。

「お前たちが食われるのは、本意じゃない」

〝オオカミさま〟がお面の鼻先を不機嫌そうに天井に向ける。

そして、こころを見た。

「後はお前次第だ。アキは、〝願いの部屋〟にいる」

〝オオカミさま〟が一方的に言い放つ。そして、――消えた。

「命拾いしたな」

もう一度、〝オオカミさま〟の声が、耳の後ろで聞こえた。

⚜

階段のある大広間に一番近い、長い廊下の最後にあるのが、アキの部屋だった。

こころは大きく深呼吸する。

もう迷わない、と決めていた。

アキを助ける。

身勝手なあの子を、つれ戻す。

城の中に残るなんて、自殺行為だ。それでも残った。

いつも憎まれ口ばっかりだった。

――じゃあ、私が他の世界に逃げこんだりするのは無理なわけね。

――別に願いってさ、叶えちゃってもいいんだよね。もし、鍵が見つかったら。

――どうせ、外の世界で会えないなら、三月が終わってからも、私たちに残るのって所詮記憶だけなんだよ？　むなしくない？

――親がいろいろ考えてくれてる家はすごいよね。うちらの親とは違うね、こころ。

アキの部屋のドアを開ける。

大きなクローゼットは、扉が開いていた。中の×印はすぐに見つかった。

こころは印に手をかざす。

アキの記憶が流れ込んでくる。

お線香の匂いがした。

おばあちゃんの遺影の前で、アキは座っている。

お母さんや、従兄弟《いとこ》と一緒に、制服を着て、並んで座っている。

お母さんの横に座っているお父さんは——、アキとは、血が繋がっていない、お母さんの再婚相手。義理のお父さんだ。

小さい頃に別れたお父さんのことを、アキのお母さんは、「勝手な人」とよく言う。

「あんたができなかったら結婚はたぶんしなかったのに。それで別れてりゃ世話ないわ」

そう聞かされてきた。

そのくせ、千葉でやっているその人のスポーツショップが甲子園に行った地元の高校の選手たちの御用達《ごようたし》なんだという話を、親族の集まりで繰り返し繰り返し、よく話していた。

おばあちゃん——。

遺影のおばあちゃんの顔は、亡くなる前のおばあちゃんよりずっと若い。最後にちゃんと写真を撮ったのがずいぶん前だったから、昔の写真しかなかった、とおじさんたちがぶつくさ言っていた。

アキが髪を染めた時、おばあちゃんは「きゃっ！」と悲鳴を上げた。怒られるかと思ったら、「きゃっ！　いい色」なんて言ってきて、拍子抜けしたけど嬉しかった。

おばあちゃんはおもしろくて、ひょうきんで、娘であるお母さんとはまったく違った。この人からどうしてあんな娘が生まれたのか、疑問に思うくらいだった。「お母さんに見つからないようにね」と、いつもお小遣いを渡してくれた。「見つかると使われちゃうからね。晶子《あきこ》とおばあちゃんだけの秘密」と、不器用にウインクして。

アキが、テレクラで知り合った大学生のアツシくんを紹介した時も、おばあちゃんが「あれあれ」と言いながら、おせんべいとか、お茶とか、お漬物《つけもの》とか出してくれた。こんなお年寄りっぽいもてなしじゃかっこ悪い——と思ったけれど、アツシくん、喜んで食べてくれた。

「いきなり家族に紹介されると思わなかった」って言ってて、「ごめん、重いかな？」って聞いたら、「嬉しいよ」と言ってくれた。

二十三歳のアツシくんは、彼女いない歴も二十三年で、私が初めての彼女だから大事にしたいと言っていた。あんまりお金もないけど、結婚したいって。

おばあちゃんのお葬式に、アツシくんは来なかった。

最近、あんまり、連絡が取れていない。ベルにメッセージを残しても返事がなかなかない。

私が来てほしいのは、アツシくんくらいのものだったのに。

「この子、ひどいな」

おばあちゃんの友達だというおばさんが来て、アキを見て、言った。アキのお母さんに「あんたが放っておいたから」と顔を顰めて言うのを見て、余計なお世話だと思った。

それでも、私はこの母親の家にいるしかないんだから、仕方ないじゃないか、と。

「舞子《まいこ》、舞子、どこだ」

お葬式から戻って、部屋に一人でいると、あいつの声が聞こえた。

お母さんを探してる。お母さんは今日はいろいろあるから遅くなるって言ってたのに。

諦めて早く出てけって思うのに、「舞子！　舞子！」とあいつの声が大きくなる。

「おい、舞子！」

「いないよ！」

自分の部屋を急に開けられ、アキがうんざりしながら大声で答える。

「まだ帰ってきてない。いないよ」

「ああ、晶子、いたのか」

和室の襖《ふすま》を乱暴に開いたアキの義理の父親が、アキを見る。だらしなくゆるめたネクタイの下のシャツのボタンが外れている。

顔が赤い。お酒の匂いがした。その匂いにアキの身がすくむ。

しまった、と思う。いつも、お母さんのクローゼットに隠れて、こいつがいる間は息を殺して、そうやってやりすごしていたのに、うっかり、出てきてしまった。

前の時と、一緒だ――と気づいて、アキが咄嗟に逃げ出そうとする。

「おい、待てよ」

追いかけてくるあいつの声が、急に――びっくりするほど甘く豹変《ひょうへん》する。アキの腕をベタベタの手が摑んで、全身にぞっと鳥肌が立つ。制服のスカートの下の足が震えあがり、「やっ」と声が出た。

その声に、相手が無言で腕を強く引く。アキの腕を押さえつける。

アツシくん、アツシくん、アツシくん――。

アキが悲鳴を上げる。制服の中に、相手の腕が入ってくる。悲鳴を上げるアキの口を、相手の手がふさぐ。

助けて！

覆われた手の下で、アキが叫ぶ。

助けてくれるって、オレが守るって言ってくれたのに！

「いてえ！」

アキの闇雲に振り上げた足が、相手の股間を蹴り上げる。アキは走った。居間に逃げこんで、箒《ほうき》の柄《え》で、襖を押さえる。アツシくんアツシくん、アツシくんアツシくん、もどかしく手を動かして、部屋の隅にある電話を手に取る。弾みでその手が、電話脇に置かれたメモ帳やカレンダー、ペン立てを払う。アキは考える。ポケベルにメッセージを残すための数字、メッセージを数字に頭の中で変換する間がもどかしい。なんて打てばいい？　なんて言えばいい？

呪文のように数字が頭に流れる。

ヨンイチ、サンサン、ニイヨン、ヨンヨン。

タスケテ。

すぐ来て——と続けて打とうとしたところで、「晶子！　晶子！」と、襖の向こうをあいつが揺らした。襖が壊れるほど揺さぶる力の強さが普通じゃない。

受話器を乱暴に手から離し、逃げようとした、その時だった。

鏡が、光っていた。

普段は自分の部屋のものが光るはずなのに、今日は、母の小さな手鏡が光っている。それに、〝オオカミさま〟は、大人のいるところじゃ光らせないって、言っていたはずなのに。

「晶子！」

背後で猛獣のような声が、さらに凄《すご》む。迷っている時間はなかった。光る手鏡に手を乗せる。鏡の向こうへ、身をすべり込ませる。

小さな鏡なのに、アキの体は、ふしぎとすんなり、その中を通った。

——気づくと、アキは、城の、大広間にいた。

心臓がまだ強く打っていて、胸が張り裂けそうだった。腕と足にまだ鳥肌が立っている。着ていた制服のスカーフが曲がり、ボタンがいくつか開いて乱れている。

それを見たら、泣きだしそうになってくる。

すぐ近くに、〝オオカミさま〟がいた。

手に小さな――、今、アキがくぐり抜けてきたくらいの大きさの手鏡を持っている。その向こうが虹色に光っていた。

「〝オオカミさま〟……」

自分の息遣いがまだ荒い。どうして、お母さんの鏡を光らせてくれたのか。大人がいる前でも、ここに来させてくれたのか――。

思うアキに、〝オオカミさま〟が答えた。

「……ピンチだったから」

その一言で、この子は全部見ていたのだとわかった。〝オオカミさま〟が小首を傾げる。いつもの尊大な口調ではなく、本当に、見た目通りの小さな女の子のような言い方だった。

「助けない方が、よかった?」

「――ううん」

アキは首を振る。夢中で振った。

「そんなことない。――ありがとう」

言葉にしたら、涙が出てきた。そして、思い出したように体が震えた。〝オオカミさま〟の手を取ると、〝オオカミさま〟もそれを拒絶しなかった。

それだけで、〝オオカミさま〟は何も聞かなかった。あたたかくてすべすべの〝オオカミさま〟の手は、きれいだった。さわっていると、自分まできれいになれる気がした。

「私――、ここに住んじゃダメかな」

アキが言う。涙がぼろぼろ出てくる。

おばあちゃんの顔が遠くにかすむ。帰りたくなかった。どこにも帰れるところなどない気がした。

「無理だ」

〝オオカミさま〟の口調が、元の通りに戻る。そう言われるだろうと、わかっていた。だけど、アキは歯を食いしばる。

「帰りたくないよおおお」

あいつと二人になるのを注意深く気を遣って避ける毎日も、学校も、友達も、全部嫌だった。

バレー部で、私が一番運動神経がよかったし、他の子が動けないのを見るとイライラした。「ボケボケすんな！」ときついこともかなり言った——かもしれない。できない後輩を一人ずつ呼び出して、先輩たちで取り囲んで「何が悪いか言ってみな」と反省会して。

そんなのどこの部活でもあることだったし、私一人がやっていたんじゃないのに、気づくと、その子たちやみんなから、「許せない」と言われた。

私の存在がバレー部をダメにしてる。

いじめを、してるって。

そんなつもりなかったのに、みんなの中で、私だけが許されない存在になっていた。だから、部活、辞《や》めるしかなかった。

「無理だ」

〝オオカミさま〟が言う。言葉の内容と裏腹に、何かを耐えるような声に聞こえた。アキの手を振りほどかず、〝オオカミさま〟が、手を握っていてくれる。そのことがとても嬉しかった。

制服姿のまま、家に戻る気がせず、〝ゲームの間〟で一人、蹲《うずくま》る。

すると、そこに、——こころがやってきた。信じられないものを見るように、アキを見る。アキの着ている、制服を。

「アキちゃん、雪科第五中学の、子なの？」

アキがのろのろ、こころの視線を辿って、自分の制服を見下ろす。

「そうだよ」

アキは頷いた。

「雪科、第五」

こころが目を見開いている。その後で、マサムネとスバルがやってきて、そして言った。

「オレの通ってた中学の、女子の制服と、同じ」

私たちは、みんな、同じ学校。

だから——。

「助け合えるんじゃないかって」

マサムネが言ってくれた言葉の意味が、アキにはよくわかる。

私こそが、助けてほしかったから。

あの日、メッセージを残したアツシくんからは、連絡がないままだった。

私の必死のタスケテは、受け止めてもらえなかった。ベルのナンバーは知っていても、電話番号すら教えてもらっていなかったことに、アキはそうなって初めて気づいた。

アツシくんには、あいつのことも、全部、話していたのに。

二度とそんなことさせない。守るって、言ってくれたのに。


でも。

この子たちなら、助けてくれるかもしれない。

私と一緒に、立ち向かってくれるかもしれない。


でも、一月のあの日。

マサムネを助けたくて――そこは本当に、曇《くも》りない気持ちで助けたくて、行った保健室には、誰も来なかった。

あの日は、とても寒くて――。

保健室の窓から、色の薄い空を眺めながら、アキは、裏切られたと思った。

「ねえ、先生。アキが今日学校来てるって本当ですか？」

保健室の向こうで、バレー部の――美鈴《みすず》の声が聞こえて。

それを聞いたら、逃げ出したくなった。

「寒いわねえ」

そう言ってストーブに手を当てる養護の先生に、泣いて縋りついていた。

「いないって言ってください。みんなが来ても、絶対に」

保健室のベッドにもぐりこむ。布団をかぶって、一人で震える。

本当は、わかってた。

自分がとても、カッコ悪いこと。

みんなで、ふざけて大人をからかってかけるテレクラの電話に、一人きりの時に本気でかける子なんて、誰もいないこと。

私は、美鈴たち学校のみんなとはもう違ってしまったのだということ。

城のみんなに裏切られたわけではないと知ってても、だからと言って、何も状況はよくならない。

私たちは、会えない。

「オレ、単純だから、難しいそのパラレルワールドの話、完全には理解できてないんだけど、つまり、オレたちは外の世界では絶対に会えないって、そういうことなの？」

「――うん」

リオンが言って、マサムネが頷く。

「助け合えないってこと？」

「ああ。オレたちは、助け合えない」


三月は終わる。


私の日常を、もうちょっとマシに変えてください。

母をまともにしてください。

あいつを殺してください。

バレー部の子たちに、嫌われてない頃の私に戻してください。


その願いが叶わないなら、私はずっと――ここにいる。

最後の日の前に、決意していた。
自分の部屋のクローゼットの中に隠れて、五時が過ぎるのを待つ。

「アキちゃん！　アキちゃん。どこ!?」
必死に捜すウレシノの声が聞こえる。
ごめんね、ウレシノ。
みんなもごめん。
私、一人じゃ生きられない。
巻き込むかもしれないけど、ごめん。

帰りたくない。

生きてなんて、いたくない。
生きられない。

アオオオオオオオオオオオオン、
アオオオオオオオオオオオオン、
雄叫びが聞こえる。
すごい光が城の中に広がる。
クローゼットの扉が開いていく。
狼の顔と、大きな口が、そこに――。

「逃げないで！」

「こっちに来て！」

「手を伸ばして！」

「お願い！　アキ！」


「アキ、生きて！」

「アキ、大丈夫だよ！」

「アキ！」

「アキ！」

「アキ！」

「アキ！」

「アキ！」


気づくと、私のいる場所の扉は閉じていた。

その向こうを、誰かが懸命に叩いている。何度も何度も。私を呼んでる。

こころの――声だ。

「大丈夫だよ、アキ！　アキちゃん！　私たちは助け合える！」

「会えるよ！」

「会える！　だから生きなきゃダメ！　頑張って、大人になって！」

「アキ、お願い。私――、未来にいるの。アキの生きた、大人になった、その先にいるの！」

声がどんどん、近づいてくる。

霞みがかった意識の中で、アキは、え――と思う。こころの声が泣いている。泣きながら、扉を叩いている。

「私たち、時間が――、年がズレてるんだよ！」

こころが言った。

「パラレルワールドなんかじゃない。私たちは、それぞれ違う時代の、雪科第五中の生徒なんだよ！　同じ世界にいるんだよ！」

きっかけになったのは、東条さんの言葉だった。


「……いつ引っ越しちゃうの？」

「四月一日」

「もうすぐなんだ……」

「仕方ないよ。パパたちは三月のうちに引っ越したかったみたいだけど、今年は四月の一日が土曜で、休みだから」


今年は。


あの言葉を聞いた時に、微かに、引っ掛かった。

そういえばそうだ——と思った。

城のみんなと、こころたちは、生きている曜日が違う。世界の曜日が、ずれている。

いつが始業式かということも。

いつが、祝日——成人の日かということも。

もっと単純に考えればよかったのではないか。

曜日が違うこと。

天気が違うこと。

買い物する場所が違うこと。

先生が違うこと。

クラス数が違うこと。

街の地図が、違うこと。

違うのは、「世界全部」じゃなくてもいい。

今が何年かという年が――、時間や時代がもし違うなら、それは、当たり前のことだったはずだ。


それに気づいたのは、ウレシノの記憶だった。

待ちぼうけに終わった一月の日。

ウレシノはおにぎりを食べながら、みんなのことを待っていた。幸せだなぁと思いながら、空を眺めて。

そこに、ウレシノのお母さんと、誰かが——やってきた。

髪にほんの少し白髪がまざった、優しそうな女の人。笑うと目元に皺が寄る。

その人のことを、ウレシノが「喜多嶋先生」と呼んだ。

こころが知る喜多嶋先生とは——違う。けれど、面影があった。この人は、確かに喜多嶋先生。

こころが知るのより、ただ、ずっと年を取っている。

こころの〝現実〟の中で、喜多嶋先生は若い女の先生で、白髪も皺もない。確かに喜多嶋先生のはずなのに、これは一体どうしてなのか——。

そう考えた時、思い出した。

前に、城でウレシノと喜多嶋先生の話になった時のことだ。

「きれいだよね、喜多嶋先生」

「きれい？」

惚れっぽいウレシノの、充分に射程圏内の喜多嶋先生に対して、ウレシノが示したあの一瞬の違和感がずっと引っ掛かっていた。

それは、〝ウレシノの現実〟の中で、喜多嶋先生がこころの知る外見の——若い先生ではなかったからなのだ。

そう思ってみると、マサムネの記憶にも、微かな引っ掛かりがあったことを思い出す。

「あいつらが、来ないわけない……」

保健室で泣くマサムネの背中を、喜多嶋先生がさすっていた。

「そうね。マサムネくんのお友達には、きっと何か事情があるのよ」

そう言う喜多嶋先生は、こころが知っている先生より、髪が長かった。こころが知っている先生とはやはり、雰囲気が違った。

気のせいかと思ったけれど、ウレシノの記憶を見た後で、気持ちが変わった。

あれもまた――こころが知るより年を経た、喜多嶋先生だったのだ。

だから、みんなの記憶を見た。

見せてもらった。

たとえば、スバルのウォークマン。

城で、鞄から出ていたイヤフォンの先の音楽プレイヤーの姿を、こころは見たことがなかったけれど、記憶の中のスバルはカセットテープを聴いていた。こころが街で目にするのより、ずっと分厚くてごつい外見の、重そうなプレイヤーだった。

確証を得たと思ったのは、フウカの記憶を見た時だ。

ピアノを弾く時、そばにあった、コンクールの日付に赤くマルがついたカレンダー。

そこには「２０１９年」と入っていた。

こころが過ごしていた、去年の「２００５年」ではなく。

アキの記憶に入って、さらにわかった。

今はもう、学生でもみんなＰＨＳか携帯を持つけど、アキはポケベルで連絡を取り合っていた。ポケベルは、こころがまだ小さい時にお母さんが持っていて、職場やお父さんと連絡を取り合うのに使っていたから、仕組みはだいたい知っている。通話するわけじゃなくて、ただ一方的にメッセージを残せる機械。お母さんが昔、ベルと呼んでいた。

ベルにメッセージを打とうと、逃げ惑うアキの手が払った卓上カレンダーは、「1991年」。

他のみんなの現実も、突き合わせれば、きっと、わかる。

こころは、アキにとっての「未来」を。

フウカにとっての「過去」の時代を、生きている。

――会えないとも、助け合えないとも私は言っていない。いい加減、自分で気づけ。考えろ。

〝オオカミさま〟の言葉の通りだ。

私たちは、会える。

大人になることで、これからの日々を生きることで、他の子の時代に――他の子の〝現実〟に追いつける。

今のままの見た目や、年じゃないかもしれないけど、絶対に会えないなんてことはない。

「アキちゃん！」


大時計を開き、こころは叫ぶ。

振り子の裏に隠すように、——鍵が、張りついていた。

その鍵を手にすると、振り子の奥に、小さな鍵穴が見えた。

ああ、ここだったの、とこころは思う。

〝願いの部屋〟。

ずっとみんなで探していたけど、目隠しされていた、安全な、隠れ場所。

こころは鍵穴に鍵を差し込む。ぎいー、と音がして、時計の奥がそのまま、開いていく。

こころは願う。

アキを——。

「どうか！」

叫ぶ。

「どうか。アキを助けてください。——アキのルール違反を、なかったことにしてください」


光が溢れる。

さっきのような濁った光でも、凶暴な眩しさでもない。

ミルク色の、優しい、柔らかい光がこころを包み込む。

「アキ！」

光の中に向けて、こころは懸命に訴える。

頑張って、大人になって、と。

「私たちは、会えるよ！」

『七ひきの子やぎ』で、隠れた末っ子のいる大時計の蓋をお母さんやぎが開ける場面を思い出した。

アキ、出てきて。

願いながら、こころは扉の向こうに手を伸ばす。

「逃げないで！　こっちに来て！　手を伸ばして！　お願い！　アキ！」

声を限りに叫ぶ。

「アキ、生きて！　アキ、大丈夫だよ！　大丈夫だよ、アキ！　私たちは助け合える！　会えるよ！　会える！　だから生きなきゃダメ！　頑張って、大人になって！　アキ、お願い。私――、未来にいるの。アキの生きた、大人になった、その先にいるの！」

手の先に、柔らかく、温かいものが、触れる。

誰かが、こころの手を握り返す。

その感触が伝わってきた瞬間、こころはきゅっと目を閉じた。しっかりとその手を握る。絶対に離すもんか、と思う。


――こころ。

「そうだよ、こころだよ！」

涙で顔がぐしゃぐしゃになる。アキの手。絶対に離さない。

「迎えに来たよ」


――こころ、ごめんなさい。

――私。


「いいから！」

おなかの底から声が出る。叫ぶ。

「そんなこといいから！　戻ってこおおおおいってば！」

声が割れる。

力まかせに、摑んだ手を引く。

すると、

「こころ!」

声が聞こえた。アキのものではなく、——背後から。

え、と思う隙もなく、誰かが、こころを背後からがっしり摑む。振り返り——こころは唖然とする。

「みんな……!」

フウカがいた。

フウカが、スバルが、マサムネが、ウレシノが、リオンが。

みんなが戻ってきていた。願いが——叶った。

「アキか?」

マサムネが聞く。こころは頷いた。

「そう!」

短いそのやり取りだけで、みんな、伝わったようだった。大時計の向こうに手を伸ばすこころの背後に、まるで綱引きのようにくっつく。そのまま、引っ張る。強い力で。

スバルが「そおれっ！」と声をかける。

「死んでも離すなよ！」

全員の声が揃う。

ずる、っと何かが動く気配があった。

みんなで目を閉じ、アキの腕を引く。

――これじゃ、『七ひきの子やぎ』じゃなくて、『大きなカブ』みたいだ。思ったら、ふいに、胸が軽くなった。

やれる、と思う。


アキ、戻ってきて！


「行くよ、アキ！」

そおおおおれっ！　の掛け声とともに、アキの手が、引き抜かれる。

弾みで、引っ張っていた全員が階段から転げ落ちた。

あちこちぶつけ、その痛みに耐えながら顔を上げる。

階段の上、大時計の前に、アキが倒れていた。

「アキ！」

こころは叫ぶ。叫んで、駆け寄る。

「アキ、この、バカっ！」

マサムネと、リオンの声が重なる。「もうほんと、殴りたい」とスバルまでが言う。

出てきたアキは水から上がってきたように、見えた。

どうしてか咄嗟にわからなかったけれど、少ししてわかった。泣いているからだ。びっくりするくらい、子どもみたいな泣き顔で、アキが泣き崩れている。

「ごめんなさい……！」

ぐずぐずの泣き声を上げながら、アキが言う。真っ赤な目で、みんなのことを順に見る。

「ごめんなさい、私……」

「この、バカっ！」

マサムネたち、男子と同じ言葉を口にしたのはフウカだった。フウカの顔も、アキに負けず劣らず涙で真っ赤だ。「どうすんのよ！」とフウカが叫ぶ。

「願い、使っちゃったじゃない。あんた助けるために！」

「ごめんなさい。私……」

「よかった……」

フウカが言う。言いながら、アキの首にしがみつく。アキに抱きつく。

アキの目が呆気に取られたように見開かれる。自分にしがみついてくるフウカの腕を、戸惑うように受け止めながら、アキがまた――みんなを見た。

「無事で、よかった」

怒っていないことが、ちゃんと、伝わっただろうか。

身勝手さに腹を立てる気持ちは、誰の胸にもおそらくある。

けれど、それよりはアキの無事を喜び安堵する気持ちの方が圧倒的に強い。

アキの口から、うーっと長い、吐息が洩れる。

「ごめんなさい」

最後に一度そう口にして、アキがまた、泣き崩れる。

すると、その時だった。


パチパチパチパチ。

軽く手を打ち鳴らす、拍手が聞こえる。

それが誰の拍手なのか——音の方を見なくても、こころたちにはわかった。

わかったと同時に、その時が近づいたのだと、みんなが瞬時に悟る。覚悟する。

願いを叶えた以上、こころたちはみんな、これから記憶を失う。

お別れの時が、とうとうやってきた。

「〝オオカミさま〟……」

全員がそろって顔を向ける。

「お見事だった」

優雅に手を打ち鳴らしながら、大広間の——階段の前に、〝オオカミさま〟が現れた。

閉城

スバルは、1985年。
アキは、1992年。
こころとリオンが、2006年。
マサムネが、2013年。
フウカが、2020年。
ウレシノが、?年。

今自分が西暦何年を生きているのか、どこから来たのかをお互いに確認し合う。
荒れ放題の〝ゲームの間〟の真ん中で、紙を広げて書き込んでいく。
「何年かなんて覚えてないよ」と、ウレシノが言って、その気持ちはこころたちにもよくわかった。

　普段生活していても、意識するのはいまが何月の何日かということくらいで年まで考えなくちゃならないことはほとんどない。

　こころたちの記憶も初めのうちははっきりしなかったが、自分と圧倒的に違う年の響きを聞くと、「えー！」とすぐに驚きの声が上がった。

　スバルの「1985年」という年を聞いた瞬間に、まずみんな、どよめいた。

「昭和じゃん！」

　マサムネが言って、スバルが「え？　そりゃそうだよ。どういう意味？」と尋ねる。まずそこから意味が通じないのだ、とわかった。

「っていうか」

　スバルが戸惑うようにみんなを見る。

「1999年で世界って終わらないの？　ノストラダムスの大予言。世界ってまだ続くの？」

「終わるわけねえだろ。いつの話してんだよ」

　マサムネが「うわー」と声を出す。

「お前、オレの最先端のゲームやりながらこれまでおかしいなって思わなかったの？　画面きれいすぎない？　とか。スバルの頃ってひょっとして、ゲーム機ってファミコンなんじゃないの？」

「ゲームってあんまりやったことなかったからそういうもんかと思ってた。マサムネが知り合いが作ったって言ってるし、じゃあ、これ市販されてないなんか特別なやつを先取りでやってるんだろうなって」

「私も……」

こころも驚きながら言う。

「実はちょっとおかしいと思ってた。マサムネのニンテンドーDS、私の知ってるのとちょっと違って見えて――モニター用に何か特別なのをもらってるのかなって思ってたんだけど……」

もっと早く気づくべきだったのかもしれない。

マサムネの、〝ゲーム作った友達〟が嘘だったのなら、彼がそれを持っていたのはやはりおかしいのだ。けれど、こころはパラレルワールドならそういうこともありなのかも、と勝手に納得してしまっていた。

「はあ？　ってことは、こころの言ってるの、初代DSだろ？　オレ持ってたの3DSだから」

「え？　どういうこと？」

「お前の知ってるのよりずっと高性能なの！」

マサムネが息を呑む。

「わー、そんなんありかよ。じゃ、もっと最先端技術に驚けよ。オレのこともすごいって言えよ」

マサムネが勝手なことを言って、それから、スバルをまじまじと見た。

「信じらんねー」と。

「オレとスバルって……、じゃあ、二十九歳、年が離れてるってこと？」

紙の余白には、さっきからいろんなことを筆算《ひっさん》した計算の跡がいっぱいだ。

「こころ、よく気づいたな。年が違うとか、オレ、考えてもみなかった」

「私もたまたま気づけただけだから……」

マサムネからこんなふうに素直に褒《ほ》められるのを聞くと、恥ずかしくてどう言っていいかわからなくなる。

「信じられないけど、だけど、マサムネの言ってたパラレルワールドよりは、確かにありえそう」

リオンが言って、それに、マサムネが「はいはい」と嫌そうに顔を顰《しか》める。

「どうせ話をややこしくしたのはオレですよ。すいませんでした！」

「ねえ、これって、全部七年差じゃない？」

書きだした年を見ながら、フウカが言う。「ほらここ」と指さす。

「スバルとアキの間と――、こころたちとマサムネ、私、の間が全部七年差。七って、ここでは何かひとつの意味のある数字なのかも。私たちも七人だし、鍵の隠し場所とかも全部『七ひきの子やぎ』からだったし」

「本当だ」

七年ずつ、自分たちの現実がずれていた――。

気づいてみると、いろんなことがすっきりしてくる。

たとえば、こころのよく行くカレオのあたりは昔、商店街だった。駅前にも昔はマックがあって、カレオができたことでそちらに移ったと聞いたことがある。

アキたちは、「過去」の南東京市から来たのだ。

そしておそらく、今後、カレオはもっと大きい――映画館まで入るような大きなショッピングモールになるのだろう。マサムネやフウカが言うような。

「だからきっと、ウレシノは、アキとこころたちの間だよ。ここだけ、七年じゃなくて十四年空いてる。ウレシノは〝1999年〟から来たんじゃない？」

「えっ……。そっかな」

ウレシノが表を見て考え込む。少しして、首を振った。

「でも、違うと思う。だって僕、2013年生まれだもん」

「えっ！」

みんなの口から驚きの声が上がる。「ってことはつまり……」と、フウカが宙を見て暗算する顔つきになる。

「ウレシノの今は――〝2027年〟だ。そういうことは早く言ってよ」

「2027年！　どんだけ未来人なの？」

スバルが呆れたような顔つきになる。当のウレシノは「そう？」と首を傾げるだけだ。

そんなやり取りを見ながら、こころもまた「すごい……」と呟いた。こころのいる「2006年」では、では、ウレシノはまだ生まれてもいないのだ。信じられなかった。

「私とこころたちのところだけ、じゃあ、他と違って十四年、空いてるんだ……」

表を見て、アキが呟く。

「どうして？」と。

〝願いの部屋〟から戻ってきてずっと泣きじゃくっていたアキは、まだ顔が青白かったけれど、少し、普段の通りに戻った気がした。こころに話しかけてきたことにほっとしながら、こころは「わかんない」と首を振る。

「間にもう一人誰かいるとしっくり来るんだけど……。おかしいね」

「でも、納得できることもあるかも」

フウカが言って、みんなが彼女を見る。フウカがアキを見た。

「二月の、最後の日。城に誰も来てない日があったの、覚えてる？　ずっと二人だけで〝オオカミさま〟さえ呼んでも出てこなかった日」

「うん」

こころもあ、と思う。三月の最初、前の日までぎくしゃくしていた二人の息が妙に合っているように思えて、いつ仲直りする時間があったのかと不思議に思ったことがある。

「あれ、うるう年だったからなんだよ、きっと」

「あ——」

「四年に一回の、二月二十九日。私とアキの〝1992年〟と〝2020年〟にはその日があって、他のみんなにはなかった。みんなはきっと、その日がないまま、急に三月一日になったっていう、そういうことだったんじゃない？」

「確かに……」

「私たちだけ、一日、トクしてたんだ」

フウカの〝トク〟という言い方がおかしい。そう話しながら、こころにも気づくことがあった。

「それと、祝日もそうだ」

「祝日？」

「一月の、いつが始業式か話してた時に、成人の日の話になったの覚えてない？　スバルが十五日だって言って、パラレルワールドでは成人の日もみんな違うって話になった時」

その時に、スバルとアキが言ったのだ。

——え、成人の日って十五日でしょ？　連休じゃなかったと思うけど……。

——始業式はともかく、成人の日は一緒だと思うけど。

「あれ、アキたちの頃はまだ祝日を土日にくっつけることになってなかったからなんじゃない？　前はそうだったたって聞いたことがある」

「えっ！　なにそれ。そんなふうになるの？　休みの日がズレるの？」

「うん。確かハッピーマンデー制度っていう……」

「ハッピーマンデー！」

アキが大声を上げる。それから笑い出した。

「何そのおめでたい名前。正式名称がそれなの？　ええーっ、真面目な大人がそんな名前つけたってこと？　こころ、だましてない？」

「だましてないよ！　私が考えたんじゃなくて、本当にそういう名前の制度なの！」

笑われることに慣れていなくてこころがあわてて言う。言いながら、だけどよかった、と思う。さっきまで元気がなかったアキの調子がだんだん戻ってきた。

「あとじゃあ、アキやスバルの頃はまだ土曜日も学校あるってことだよね」

フウカが言う。

「昔は土曜日も半日だけ学校あったって聞いたことある。私、それ聞いて、今の子でよかったなって思ったことがあって」

それを聞いて、こころもはっとする。

週休二日制。

こころが小学校三年生の頃まで、学校は二週間に一度だけ土曜日が休みだった。

隔週のその休みが確かに楽しみだった。

前に、アキが言っていた。土曜日に彼氏といたところを補導されかけた。単純に外見が派手で素行が悪そうだったからなのかと思っていたけれど、アキの頃にはまだ学校は土曜日もあったからなのだ。

これに関して、アキとスバルの反応が割れた。スバルは「え、土曜も休みになるの？」と言い、アキは「確かになるみたいだけど――」と答える。

「月一でそうなるって聞いたことある。私はずっと学校行ってなかったから、あんまり意識しなかったけど」

そっか、とアキが頷いた。

「こころたちのいる時間だと、土曜日はもう学校ないんだ。私たち、本当に違う時間にいるんだね」

「うん」

頷きながら、こころも気づく。

「アキやスバルの時って、ひょっとしたら、じゃあまだ南東京市は、第二中も第四中もあるの？」

「え？」

「今、ないんだ。二中と四中。雪科第五中の隣の学校は、一中と三中なの。昔は二も四もあったけど、子どもの数がだんだん少なくなっちゃったんだって」

こころがフリースクールに行った時、そこの責任者みたいな先生も言っていた。

小学校までのアットホームな環境から中学校に入ったことで急に溶け込めなくなる子は、珍しくない。特に、第五中は学校再編の合併のあおりを受けて大きくなった中学校だから――と。

前に、アキが留年するという話が出た時、「隣の学校に移るのか」と尋ねたこころに、アキが「隣の学校に入れてもらうって四中とかってこと？」と聞いた。その時、思えば微かに違和感があったのだ。四中は今ないのにな、と――。

「ええーっ、そうなんだ」

思いがけず、ウレシノから声が上がった。目を丸くしてこっちを見ている。

「僕も、なんで四中ないのにいきなり五中って名前なんだろうって気になってたことあるけど、そうかあ、昔は全部の番号があったんだ。全然知らなかった。今あるの全部奇数だから、偶数の学校名ってなんか縁起が悪いとか不吉なのかなぁくらいに思ってた」

「不吉って……、それ、他の場所にある偶数の中学に失礼じゃない？」

「うん。だから、違ってよかった。不吉じゃないならその子たちも安心だね」

ウレシノのちょっとズレた物言いに、アキが「ええーっ」と呆れがちにため息をこぼす。

「なんだか不思議」と。

「こうしてると、同じ年の、自分と同じような子どもにしか見えないのに、こころもウレシノも――みんな、未来人なんだ」

「それを言うなら、私にとってはアキたちが過去の人ってことも同じように不思議だよ。全然、実感ない」

「そういえば、こころとリオンは同じ年なんだね」

スバルが言って、今度はこころとリオンがはっとする。目が合う。

――そうなのだ。

みんなも同じ時間を共有していると思っていたけれど、こうやって確かめてみると、同じ年を生きているのはリオンとこころの二人だけだった。

雪科第五中学に通っているはずの、学校に行っていない子。

その共通項で、七年差の年から集められたこころたち。

一つの期間でなかった、というのなら、こころが、一つの学校にしては多すぎる、と思った違和感にも説明がつく。

そして、「2006年」からは、留学していたリオンもそこに含められた。

「……オレが、雪科第五、行きたがってたからだと思う」

リオンがぽつりと呟いた。〝オオカミさま〟に前に言われた通り。

「日本の学校で友達作りたかったから、呼んでもらえたのかも。こころに、会わせるために」と。

「本当は、会えたかもしれないんだね」

こころも言った。リオンが「ん？」と顔を上げる。

「一月の、三学期最初の保健室。リオンにだけは、ひょっとしたら、あそこで会えてたかもしれないんだね」

この子と時間が同じだった、という事実は、こころの胸を温めてくれた。ハワイと日本。距離が離れていなければ、リオンとだけはあの日、保健室で会えていたのかもしれない。――もっとも留学がなければ、リオンは普通に雪科第五中に通う子だったろうから、この城に招かれることもなかったはずだ。何がどんな巡り合わせで変わっていくか、わからないものだと思う。

「どうせ忘れちゃうから、もう、会えないだろうけど」

たとえ同じ時間でも、忘れてしまったら、もう会うことはないだろう。ハワイからリオンが帰国しても、街ですれ違っても、お互いにここでのことは忘れてしまっている。こころがリオンを「城で一緒だった子」だと思うことはない。リオンの方でも、それは同じだ。

想像すると、胸が痛んだ。

記憶を手放したくなかった。

「〝オオカミさま〟――」

フウカが振り返る。

さっきから黙ったまま、暖炉の前に座る〝オオカミさま〟を見た。

「あと時間、どれくらい？」

「小一時間、というところだと思え」

つまらなそうな口調で〝オオカミさま〟が言う。全員の視線を集めながら、ドレスの裾を翻して、立ち上がる。

「だから早く、したくしろ」

パチパチパチパチ、と拍手をして現れた〝オオカミさま〟は、普段の通りに落ち着いていた。

アキを助け出した後の大広間に、平然と立っている。

ボロボロだったドレスが、元通り、新品同様のきれいなものに戻っている。あれだけ暗かった城の中は、いつの間にか明るくなっていた。

「お見事だった」

すぐには誰も反応できなかった。

「〝オオカミさま〟……」

ややあって、こころだけが彼女の名前を呼ぶ。

しかし、他のみんなはまだ動かない。引きつった顔で、〝オオカミさま〟を見ている。

——狼に食べられたからだ、と気づく。

何があったのか、こころは〝大きな狼〟の姿をちゃんと見ていないからわからないけれど、おそらくみんなは、あの印の下に〝埋葬〟されるまでの間に、本当に怖い思いをしたはずだ。あの雄叫びの衝撃ひとつ取ってみても、尋常《じんじょう》でないことが起きたのは明らかだった。

「なんだ、その目は」

みんなの緊張を感じ取ったのか、〝オオカミさま〟がつまらなそうに言う。

「もう、あんなことは起こらない。――もともと、そうしたかったわけでもない。誰かさんがルールさえ犯さなかったら、起こらないはずのことだったんだ」

〝オオカミさま〟がじろりと、助け出されたばかりのアキを見る。

「反省しろ」

「……ごめんなさい」

アキの顔が青ざめて、また震えだす。素直に謝る声を受けて、〝オオカミさま〟がうむうむ、というように頷いた。

「もう、大丈夫だ。安心しろ」

「――なんか調子狂うな。文字通り、本当に死ぬほど怖かったのに」

リオンが言う。〝オオカミさま〟が狼面の鼻先をこころに向ける。その顔が、どこか嬉しそうに見えた。

「——よく気づいたな。ここが、時間を超越した『城』だって」

「うん」

こころは戸惑いながら頷く。狼面と目を合わせる。

「〝オオカミさま〟の言葉がヒントになったよ。私たちは、絶対に会えないってことでもない。時間が違う雪科第五中からそれぞれ来てる。——違ったのは、年なんだね」

前に、リオンが聞いていたことを思い出した。

アキが制服を着てきたことをきっかけに、皆が同じ中学なのだとわかった時のことだ。

——これまでも、オレたちみたいな〝赤ずきんちゃん〟を呼んで、ここで願いを叶えてきたって言ったよな。その〝赤ずきんちゃん〟も雪科第五中の生徒だったたってこと？　何年かに一度、こうやって集めてる。

その時に、〝オオカミさま〟がこう答えた。

——何年かに一度——、よりは平等な機会だと思うが。

あれは、言葉通りの意味だったのだ。

何年おきかの年ごとに、いろんな年から子どもを呼んでいた。

会えないわけでもない。助け合えないわけでもない。――ただ、それもすべて、そこに気づけば、の話だ。

「城は、もう閉まる。残念だが、明日を前に今日でおしまいだ」

〝オオカミさま〟が言った。

みんな、覚悟はできていた。それでも聞かずにいられなかった。

「記憶、消えるの？」

聞いたのは、フウカだった。

「ここであったことは全部、忘れちゃうの？」

「ああ」

〝オオカミさま〟が頷いた。無情な一言だった。

「鍵を使って願いを叶えた以上は、前に話した通り、ここでのことはすべて忘れてもらう」

ただし――。

〝オオカミさま〟がみんなを見る。そして言った。

「時間をやろう」

「時間？」

「ここは、時を超越した『鏡の城』だ。お前たちがそれぞれの鏡の向こうに戻る前に、少しだけ時間をやる。忘れ物がないように、したくしろ」

まるで、学校の終業式の日みたいだ、と思う。ロッカーや机の中のものを持ち帰りなさい、と先生が言う時のように、〝オオカミさま〟が続ける。

「自分の部屋や、客間や。自分のものは全部持っていけ。明日からはもうここに入れない。今、外の世界で時間が進むのを止めた。お前たちが戻るのは、向こうの世界の日本時間十九時だ。それなら親にも軽く叱られる程度で済むだろう」

荒れ放題の城の中で、〝オオカミさま〟にそんなことを心配されるのが場違いだけど、妙にしっくりきた。実際、こころもとても助かる。

「ここ、片付けなくていいの？」

聞いたのは、ウレシノだった。柱にひびが入り、壁が汚れ、家具や食器が散乱した、嵐が去った後のようなお屋敷をそのままにしていくのは確かに気が咎める。

〝オオカミさま〟に、おどおどした口調で尋ねる。

「僕たち、自分のものだけ持って帰っちゃって、それで平気？　残って、〝オオカミさま〟が一人で片付けるの、大変じゃない？」

「……心配ない。気にするな」

〝オオカミさま〟がいつものもの、尊大な口調で言う。しかしその後、ふいに、ウレシノを見た。付け加える。

「いいやつだな、お前」

「だって……」

二人のそのやり取りを見ながら、みんなちょっと驚いていた。〝オオカミさま〟がそんな普通のことを言うなんて、思っていなかった。

「じゃあさ、提案。みんな、帰り支度の前にちょっと〝ゲームの間〟に来て。僕まだ、どういうことかわかんなくて混乱してるから、こころちゃん説明してよ」

「――わかった」

こころは頷いた。

荒れ果てた〝ゲームの間〟に戻り、倒れた机の上に紙の切れ端を広げる。

そして説明する。

確認していく。

自分たちがみんな、違う時代の住人同士なのだということを。

「あああっ、ったく、どうしてくれんだよ！」

〝ゲームの間〟。

みんなが自分の部屋に忘れ物を確認しに散ってしまった後で、マサムネだけが、自分のゲームを探していた。

置いてあったゲームソフトのいくつかが、倒れたテーブルの下敷きになってひしゃげて、壊れている。お気に入りのソフトのいくつかがもう再起不能だ。ため息をつきながら、リュックサックにひとつひとつ入れていく。メーカーに修理に出したら、どうにかなるだろうか。

「マジで、持ってこなきゃよかった。こんなことなら」

「マサムネ」

一人でブツブツ呟くマサムネを、声が呼んだ。

振り返ると、入り口にスバルがいた。「なんだよ」とマサムネは答える。

「お前、自分の部屋の片付けは？」

「あ、僕はいいんだ。もともと、家から持ってきたものなんかほとんど何もないし。部屋も、もらったけどあんまり使ってなかったから。マサムネとずっとここでゲームしてただけだし」

手伝うよ――と言って、スバルが絨毯《じゅうたん》に身を屈める。一緒にソフトを探してくれる。

その姿を見ながら、マサムネは不思議な気持ちに陥る。

改めて――本当に不思議だ。

スバルとは、こいつとは、この一年の大半、ここでゲームをして過ごした。中三と中二同士、おんなじテンションではしゃいで時間を過ごしたのに、こいつは1985年なんていう過去の中学生だという。

オレとは、年が二十九歳も違う。

大破したプレステ2を瓦礫《がれき》の山から拾い出す。あーあ、と思うけれど、まあ、仕方がない。家にはまだプレステは3もあるし。4だって近々発売予定で父親にねだったら買ってもらえそうな雰囲気がある。

壊れたテレビは、もう持って帰るのは諦めよう。父親も存在を忘れていたであろう物置で見つけた古いブラウン管のテレビは液晶テレビと比べると信じられないくらい分厚くて重たい。骨とう品の域だ。

「ねえ、前にマサムネ、家にもっと最新のゲーム機があるって言ったよね？　だけど、テレビと端子が合わなかったって。それ、どういう意味？」

「ああ――。これ、プレステ2なんだけど」

そもそもそこから説明しなきゃいけなかったんだな、と思いつつ、言葉を選んで続ける。

「家に、この進化形のプレステ3もあって、本当はそっち持ってきたかったんだけど、今もうテレビの方が進化しちゃってて、進化したテレビじゃないとコードがつなげないようになってるんだよ。こんなレトロなテレビじゃ無理。そもそもこのプレステ2も親父のやってた年代ものだし」

「ふうん」

言ってもわからないだろうな、と思うが、意外にもスバルの様子が楽しそうだ。

「意味わかんの？」

つい尋ねると、「完全にはわからないけど、未来はそうなるのかって聞くと面白い」と微笑んだ。

「マサムネのお父さんもゲーム、好きなんだね。マサムネのゲーム好きってそのせい？」

「……それもまぁ、少しあるかもしれないけど」

最近では一緒にやることは少ないが、生まれた時から親が集めたゲーム機やソフトが当たり前にある状態だった。今、最新式をねだれば買ってくれるのも、もともとは親父にそのあたりの理解がちゃんとあるせいだろう。あんな親父だけど――、そういうところには感謝もしている。

「あのさ」

散らばったゲームソフトを探しながら、ふいにスバルが言った。「なんだよ」とマサムネはまた答える。

スバルが言った。

「僕、なろうか」

「何に」

「〝ゲーム作る人〟」

ゲームを探す手が止まった。

床に這いつくばったまま、マサムネは虚を突かれてスバルを見る。スバルも手を止めて、正面からマサムネを見ていた。

スバルが身を起こす。そして続けた。

「さっきから、考えてたんだ。マサムネのいる2013年は、僕、四十三……、四十四歳？　信じられないけど、結構いい年なんだなって。マサムネから見たら、おじさんだよね。つまり、大人」

スバルが笑う。笑って、「だから」と続ける。

「目指すよ。今から。〝ゲーム作る人〟。マサムネが『このゲーム作ったの、オレの友達』ってちゃんと言えるように」

口が——きけなかった。

見えない力で胸を押されたように、息まで止まりそうになる。鼻の奥がつん、となって、あわてて、熱くなった目を伏せた。

「……なんだよ、それ」

ようやく出した声が掠《かす》れた。

「そんなの、オレもお前も忘れるんだから、意味ないだろ。オレがホラ吹きなのは変わんねえよ」

「そうかな？　それでもさ、何かは変わるし、意味はあるって思いたくない？　だって僕、本当に今日までやりたいことなんか何もなかったんだよ」

スバルが飄々と、いつもの調子で言う。

そんな軽く、言わないでくれよ、と思うくらい、こともなげに。

「だから、目指せるものができるなら、すごく嬉しい。だから、意地でもそれくらいは覚えたまま、鏡の向こうに帰るよ。約束する。――だから、たとえ、僕やマサムネが忘れても、マサムネは嘘つきじゃない。ゲームを作ってる友達が、マサムネにはいるよ」

唇を嚙む。

思い切り、嚙みしめる。

「マサムネ?」

「……サンキュ」

顔を覗き込まれそうになって、あわてて言った。マサムネが答えると、スバルはほっとしたようだった。「うん」と頷く。

壊れたソフトを見つめながら、「よかった」と、スバルが呟いた。

⚜

ピアノの鍵盤の蓋を——閉じる。

今日までありがとう、という思いを込めて部屋の中を見回す。

持ってきたハンカチで、閉じたピアノの蓋を拭く。

片付けをしているフウカの部屋を、トントン、と誰かがノックした。

「はい？」

「……僕。ウレシノ」

あとでもう一度大広間でみんなで会おうと話していたのに、どうしたのだろう。

怪訝に思いながらフウカは扉を開ける。

廊下に、ウレシノが一人で立っていた。

「あれ、どうしたの、ウレシノ」

「うん……。あのちょっと話があって」

ウレシノの顔がかっかっと上気している。一体何だ——と思うより先に、「あのっ！」とウレシノがフウカに向けて、頭を下げた。

「フウカ！　僕とつきあってください！」

廊下に——城中に響き渡るんじゃないかと思うほどの大きな声で、ウレシノが言った。フウカは目を見開いて、呆気に取られる。顔を上げたウレシノの表情は大真面目だった。

「鏡の向こうに戻ってからでもいいから、考えて、返事聞かせて。お、お、お、覚えて、なくても、もし、なんかドラマとかみたいに、運命の相手同士が、相手を人混みから見つけるみたいにして、僕に、もし、ピンとくるもの、あったら」

「……でも」

ウレシノとフウカの時間は、離れている。

七年の差が間にある。中学一年生のウレシノの世界では、フウカはたぶん、高校を卒業した後のはずだ。

「私、だいぶ、年上だよ。それに忘れちゃうし」

「そ、それでも、好きだから」

ウレシノが言う。声が緊張に掠れるけれど、口調は真剣だった。

「好きだったのは、本当、だから」

真ん丸い握りこぶしを作ったウレシノの手が、真っ白だった。それくらい、力が込められている。

それを見ていたら、――ふいに、笑えた。素直にとても嬉しいと思った。

「わかった」

答える。

「もしじゃあ、ウレシノのことをどこかで見かけて、運命感じてピンと来たら、私から、声かけるね。その頃、ウレシノは、年下の誰かかわいい女の子に夢中かもしれないけど」

「そんなことないよ！　好きだよ。フウカが好きだよ」

ドアの向こうの廊下に仁王立ちになったウレシノがそう言った時だった。

自分の部屋から出て来たらしいアキが、ウレシノの頭をぱんと叩く。ウレシノが

「だー、もう、好き好き、うるさい！」

「あいたっ！」と自分の頭を押さえる。アキの後ろに、――リオンと、こころもいた。こころが顔を赤くして、フウカの方に向けて謝るように手を揃えている。「邪魔してごめん」と、口が動いた。

「なんだよ、アキなんて、僕たちからみたら〝おばさん〟のくせに。もう全然好きじゃないよ」

「何ですって!?」

アキの顔つきが変わって、ウレシノの耳を引っ張る。それを見たら、また、笑ってしまった。

「ウレシノ」

アキに叩かれているウレシノに向けて、言う。

「私、会っても思い出せないかもしれないけど、それでもいい？　もしウレシノが思い出したら、私にちゃんと説明して、つきあうように説得してね。私、頑固なとこあるから、なかなか信じないと思うけど」

声を受けたウレシノが一瞬、きょとんとする。

それから「ええっ!?」と大袈裟なほど大きな声を上げて、「今の、返事？　返事？」と目をきょろきょろさせる。

「ねえ、リオンもこころも聞いてた？　今の、返事だよね！」

「あー、もう、本当にうるさい」

アキがうんざりしたように言う。そんなやり取りができることが、フウカは——

本当に嬉しかった。

大広間には、亀裂が入ってところどころが割れた、ボロボロの鏡が七枚。また、元のように立てられていた。〝オオカミさま〟が戻れるように準備しておいてくれたらしい。

◆

「楽しかった」

みんなを代表するように、言ったのはフウカだった。普段あまり率先して意見を言うことがなかった彼女がそうしたことを少し意外に思ったけれど、こころも同じ気持ちだった。

「うん」

「私、ここに来てる間だけは普通の子みたいになれて、本当に嬉しかったんだ」

フウカがみんなを見る。眼鏡の奥の目が優しく、だけど少し寂しそうにも見えた。

「自分は、みんなと同じになれない――、いつ、どうしてそうなったかわかんないけど、失敗した子みたいに思えてたから。だから、みんなが普通の子にそうするみたいに友達になってくれて、すごく嬉しかった」

その声に、こころは息を呑む。この場のほとんどみんながそうなったのがわかった。

〝普通になれない〟はずっとこころが思ってきたことだった。

学校に通ってる他のみんなみたいにうまくできなくて、同じになれないことに気づいて、だから絶望していたし、苦しかった。ここでみんなが友達になってくれて、どれだけ嬉しかったか。

しかし、その時だった。

「え、それ、おかしくない？」

ウレシノの声だった。みんながはっとしてウレシノを見る。ウレシノは真剣な――怒ったような顔をしていた。

「フウカは普通じゃないよ」と言った。断言する、強い口調だった。

「優しいし、しっかりしてるし、全然普通じゃないよ」

「あ、そういう意味じゃなくて――。ウレシノがそう言ってくれるのは嬉しいけど」

「いいんじゃないの？　ウレシノの言う通りだよ」

ウレシノの声を後押しするように言ったのはリオンだった。

「普通かそうじゃないかなんて、考えることがそもそもおかしい。そんなの、オレはどうだっていいし、単純にフウカがいい奴だから仲良くなれたんだよ。嫌な奴だったら絶対仲良くならなかった。それはみんなそうだろ？」

リオンの言葉に、今度はフウカが息を呑んだ。「違う？」と言うリオンに、フウカが「ううん」と首を振った。小声で言う。

「ありがとう」

「そういえばさ」

スバルがマサムネを見る。そして尋ねた。

「マサムネがたまにリオンを〝イケメン〟とかって呼んでたじゃない？　あれ、どういう意味？　陰で呼んでるくらいだから、悪口だったの？　最後だし、教えてよ」

「え」

マサムネが強張った顔でスバルを――、ついで、リオンを見る。リオンが「えっ！」と大袈裟に呟く。

「なんだよ、それ。陰でって超感じ悪いな」

「あ、やっぱり悪口なの？　あとみんなよく言葉の上に『超』つけるの、大袈裟だなって思ってた」

「悪口じゃねえよ。ただまあ、あんまり本人に面と向かって言うことでもないっていうか……」

スバルのいる「1985年」では、まだ「イケメン」や「超」は言葉として確立していないのかもしれない。確かにそれらはこころにとっても若者の使う言葉だという認識だ。たとえばお母さんたちが使ってたら少し違和感がある。そこからズレてたの！　と驚くこころに、スバルが「こころちゃんも言ってたよね？」と聞いてくる。

「リオンのこと、イケメンって」

こころは「ええーっ！」と叫ぶ。勘弁してほしかった。耳が熱くなる。

「言ってないよ！」

本当に覚えがなくて否定するけれど、妙に焦った言い方になってしまって冷や汗が出る。当のリオンは「うわっ、感じ悪い」と言いながらも、その顔が笑っていた。

名前を教え合って別れよう——、と最後に、スバルが言った。

この中では一番の、実は年長者だったスバルが「それぞれの世界で、フルネームを見たら思い出せることもあるかもしれないから」と言う。

「僕、長久《ながひさ》昴。長く久しいに、星のスバル」

「私、井上《いのうえ》晶子。井上は普通の井上で、水晶のショウに子どものコ」

晶子が言う。言って、首を振る。みんなに向けて頭を下げる。

「——実は、最初の頃は苗字言いたくなかったの。親が再婚して、苗字が変わったばっかりだったから、新しい苗字、言いたくなかった」

「オレ、水守《みずもり》理音。水を守るに、理科のリに音」

「私、長谷川《はせがわ》風歌。風に歌って書いて、風歌」

「私、安西こころ。平仮名でこころ」

こころも言う。ようやく全部を教え合って、そして別れ合えることが、これが最後でもなんだか誇らしかった。

「僕のことは知ってるよね。嬉野遥。嬉しいに野原のノ。遥か彼方《かなた》のハルカ」

嬉野が言い、最後まで黙っていたのは、マサムネだった。

なぜか顔を顰め、そして——言う。

「政宗青澄《あーす》」

「えっ！」

全員が政宗を見る。聞き取れなくて、耳を傾ける。

政宗の顔が真っ赤になる。

「だから、政宗青澄だよ。青いに水が澄むのス」

「アースって、それが名前？　嘘でしょ？」

「嘘じゃねえよ。２０１３年じゃわりによくある名前だよ。黙ってろよ、過去人のやつら」

「えー。だって、アースって地球って意味じゃない！　何それ」

晶子が言って、政宗が不貞腐《ふてくさ》れたように横を向く。普段から仲が良かった昴でさえ初耳のようだった。こころもこころで、とても驚いていた。

そういえば政宗の記憶を見た時、〝オオカミさま〟が政宗をフルネームで呼んでいた。それを聞いて、マサムネって苗字だったんだ、とは思ったけれど、名前の方はうまく聞き取れていなかった。

「マサムネって、苗字だったんだね。名前じゃなくて」

「ああー、もう、だから言いたくなかったんだよ。絶対なんか言われるだろうなって思って」

「うわー、僕の名前よりもずっとネタじゃん。キラキラネームだ」

嬉野が言って、政宗がより不機嫌そうになる。「キラキラとか言うな！」と大声を上げた。


全員で、それぞれの鏡の前に立つ。

亀裂の入った鏡は、もうこれが本当に最後なのだと予感させた。〝オオカミさま〟の話では、城の向こうの現実でも、鏡は同じようにすでに割れているはずだという。


「……アキ」

隣に立った晶子に、こころが呼びかける。

「なに？　こころ」

晶子がこころを見る。

「手、貸して」

晶子が怪訝そうに、手を差し出す。その手を、こころはぎゅっと握る。

届け、届け、と念じながら。

見てしまったことを、考えていた。鏡の向こうに戻っても、待っている現実。お母さんも、義理のお父さんもいる、どうにも動かない晶子の現実。動かない現実。この手を離して、晶子はそこに帰らなければならない。こころにできることは、もう、何もない。

「未来で待ってるから」

そう言うのが精いっぱいだった。晶子が目を見開く。

「2006年。アキの、十四年後の未来で、私は待ってる。会いに来てね」

伝われ、と思う。

言葉にできないことがもどかしかった。どこまで伝わるかわからない言葉でしか、言えることがない。

晶子はしばらく、呆気に取られたようにこころの手を握っていた。

しばらく経って、「うん」と頷いた。

頷いてくれた。

「わかった」

会いに行く、と、そう約束してくれる。

「狼に食べられて、死ぬほど怖かったから。もう、バカな真似はしないよ」
そう言って、微笑んだ。

「みんな、元気でね！」
「うん！」
「またね」
「じゃあな」
「さよなら！」
「元気で！」
「どっかで会えたらいいね」
晶子の、
こころの、
風歌の、
政宗の、
嬉野の、
理音の、

昂の、
みんなの声が重なって、弾ける。
最後の鏡の旅に、みんなの姿が、溶けていく。
それぞれの現実と時間に、みんなが帰っていく。

虹色の光が溢れ――、そして、消える。

明かりの消えた大広間に、そして、狼面の少女だけが残された。

〝オオカミさま〟は、全員の背中を見送る。光が消え、鏡が元通り静かになったのを確認して、ゆっくりと、背を向ける。

そして静かに、深呼吸する。

終わった——と、一人で静かに息をつく。

すると、その時だった。

「姉ちゃん」

声がして、狼面の少女が弾かれたように顔を——上げる。声の方向を、光が消えたばかりのはずの鏡を振り返る。

水守理音が、そこに立っていた。

戻りかけた途中で、引き返してきたのだ。

〝オオカミさま〟は、無言でまた、前を向く。聞こえなかったふりをする。

しかし、理音は諦めなかった。

「姉ちゃんだろ。返事、してよ」

〝オオカミさま〟は言う。振り返らずに言う。

「——帰れ」

「戻れと言ったはずだ。帰れなくなるぞ」

振り返ったら、何かが壊れてしまいそうに思えて、歯を食いしばって、大時計の方だけ見る。

理音は帰らない。帰らないまま、続ける。

「――本当は、最初の日から、もしかしたらって思ってた」

三月三十日。

理音が続ける。

「城が閉まるはずだった明日は――姉ちゃんの命日だ」

⚜

理音。

姉の実生《みお》が、言っていた。

もし、私がいなくなったら――。私、神様に頼んで理音のお願いを何かひとつ、叶えてもらうね。いつも、我慢させちゃってごめんね。

あの優しい声を覚えている。

理音が好き。

理音と一緒に遊びたい、と。

「本当は、明日、オレが鍵を見つけて願おうと思ってた。アキがあんなことにならなかったら、みんなを説得して、『オレの家に姉ちゃんを帰してくれ』ってそう頼むつもりだった」

狼面をつけて顔を隠した、あの少女は、自分の姉の実生なのではないか。

この城は、亡くなった実生が、自分に残った最後の力をありったけ使って、理音のために、作ったものなのではないか――。

理音はまずそう思った。

ひとたびそう思ってしまうと、その考えが頭から離れなくなった。

行きたかった日本の中学。

欲しかった友達。

叶えたかった願い。

「そっくりなんだ」

理音は続ける。

「この城。姉ちゃんが持ってた、あの、ドールハウスに」

両親がプレゼントした豪華なドールハウスは、姉の病室の窓辺にずっとあった。

人形の家だから、水は出ない。お風呂も使えない。火も使えない。

けれど、姉のドールハウスには、電気だけは通っているのだ。小さな豆電球の明かりをつけるために。

この城の中も、他のライフラインが全滅な中、ゲームができる。スイッチで明かりがともる。電気だけがどこからか来ていた。

姉がそこで遊ばせていた人形たちは、今、〝オオカミさま〟が着ているのとよく似たドレスをいつも着ていた。

姉の好きだったドールハウス。

迎えられた七人。

姉がよく読んでくれた絵本になぞらえた『七ひきの子やぎ』の鍵探し。

そして、城が閉まると言われていた三月三十日。

三十一日ではなく、三十日。

その日が姉の命日であることに、意味がないとは思えなかった。

ここは、理音のために用意された城なのではないか。

〝オオカミさま〟は、これまで何組か、理音たちと同じように子どもたちを招いてきたと言ったけれど、それも、嘘《フェイク》だったのではないだろうか。

ここに招かれたグループは、今回のこれ一回限り。自分たちだけなのではないか。

ここは〝オオカミさま〟が一度限り用意した場所なのではないか。

「姉ちゃん」

呼びかけに、〝オオカミさま〟は答えない。

理音は続ける。

「みんなの中で、１９９９年だけ、抜けてるんだ。七年ごとに呼ばれてるのに、その代だけ、誰もいない。アキとオレたちの間だけ、倍の十四年、違う」

こちらを振り向かない〝オオカミさま〟に、声をぶつけるように訴える。

「オレと姉ちゃんの年の差は、七歳だよ」

理音が六歳の時、十三歳の姉は死んだ。中学校に入って一年目。病室の壁にかけられた雪科第五中学の制服を、姉は一度も着ることがなかった。

思い出すと、胸がかきむしられるように痛んだ。

「だから、1999年は――姉ちゃんだろ。〝雪科第五中に行きたかったけど、行けなかった子ども〟。その年は、姉ちゃんの年なんだ」

〝オオカミさま〟はこっちを振り向かない。ただ、その背中が微かに揺れたように思った。おもちゃみたいなピカピカの靴が、床をぎゅっと踏みしめている。

いつ来ていたのだろう、と思う。

最後の一年、姉は眠ったように目を閉じていることが多かった。痛みに苦しむくらいなら眠っていてほしいと、幼い理音さえ思った。

あの時なのだろうか。

目を閉じ、眠っている時に、姉は毎日、ここに来ていた。

――もし、私がいなくなったら、私、神様に頼んで理音のお願いを何かひとつ、叶えてもらうね。

――神様にお願いするね。

姉の願いは、叶ったのかもしれない。

〝願いの鍵〟で叶うような〝なんでもひとつ〟を、姉はもらえたのかもしれない。その上で、この城を作ることを頼んだのではないか。

――じゃあ、オレ、姉ちゃんと学校行きたい。

無邪気に告げた、理音の願い。

——私も、行けるなら理音と一緒に学校行きたい。——一緒に遊びたいよ。

姉はそう、答えていた。姉の願いごとは、だから、きっとこうだ。

——どうか理音と一緒に遊びたい。日本の学校に残りたがってたあの子に、出会うはずだった友達を作ってあげたい、と。

この城も、鍵探しも、お話作りが大好きだった姉がいかにも考えそうなことなのだ。

理音の言葉に〝オオカミさま〟は振り向かない。

絶対にこっちを向かず、返事もしないと決めている後ろ姿は、強かった。

理音が知っている、実生の強さは——そういう強さだ。

「最初は、——死んだ姉ちゃんがオレに会いに戻ってきてくれたのかなって思った。だけど、この、年がズレてることがわかって、ようやく気づいた。姉ちゃんは——あの病室からきっと、ここに来てる。今も、姉ちゃんの現実は、六歳のオレと一緒に病室の中なんだろ？」

涙が出そうになる。理音が言った。

「ここに来てたんだね、姉ちゃん」

城の中を見回す。

「このドールハウスの中で、――最後の一年、姉ちゃん、オレたちと一緒に過ごしてたんだね」

姉が最後に言った言葉の意味が、ようやくわかる。

――理音。

――怖がらせちゃって、ごめんね。

――だけど、楽しかった。

六歳のあの日は、姉は、自分が死ぬことを指してそう言っていたのだと思っていた。だけど、違う。今振り向かない〝オオカミさま〟のそれが本音だ。

〝今の理音〟に向けて、姉がそう言ったのだ。楽しかった、と。

そして、城は明日、閉じる。

三月三十日。

明日が姉の、命日だから。

姉がもう、行ってしまう。いなくなろうとしている。

「会いに来てくれたんだろ……」

言いながら、息が詰まって、言葉が最後まで満足に言えなくなる。

姉と、理音の年の差は七歳。

だから一緒に学校に行けることはない。小学校でも中学校でも、姉がたとえ病気じゃなかったとしても、理音が入学した時には姉はもう卒業しているはずだ。

理音は今、十三歳になった。

中学一年生の、姉が亡くなったのと同じ年。このことに意味がないとは思えなかった。

自分と同じ年になった弟に会うために、姉がここを作ったのだ。

理音だけではなく。

七年分の年の差から、自分と同じく学校に行っていない子たちを集めてきた。姉はお話を作るのが上手だった。絵本の設定を作るようにルールを決め、みんなと一緒にそのルールの中で遊ぶ。

この城の中で、〝オオカミさま〟は自由で、生き生きしていた。体重を感じさせないほど身軽に現れ、消え、自分たちを翻弄《ほんろう》しながらとても楽しそうに。

ドレスを着た後ろ姿を見る。見ていると、涙が出そうになる。

六歳か、七歳くらいの見た目を選んだのは――、それは姉が病気になる前の、最後の姿だからなのだ。まだ髪が長く、手も、色は白いけどふっくらとして張りがある。理音が知っている、瘦せた、あの手ではない。

——その頃の自分の姿を選んで、理音に会いに来てくれたのだ。

「会えてよかった」

それだけは、どうしても姉に伝えたかった。

〝オオカミさま〟は振り向かない。理音は目を細める。そして言う。

「会いに来てくれて、嬉しかった。オレ、どうにかやってみるよ。自分のやりたいことはちゃんと言うし、嫌なことも——これからは嫌だって、ちゃんと言う。そうしてみる。今の学校も嫌いじゃないけど、きちんと自分の気持ちを言わないままだったことは、今も後悔してるんだ」

母が理音を留学させたのは、何も、自分を遠ざけたいという気持ちだけでそうしたわけではなかったろうと、この一年半でわかるようになった。たくさんのお土産を持って来たり、寄宿舎でケーキを焼く母は、自分が留学を勧めたくせにいつも心配そうだ。

「帰りたいと思ったりは、しない?」と聞いてくる。理音の才能を伸ばしたい、という言葉は、嘘ではなかったのかもしれない。それが理音のためになると思っていたのは本当なのかもしれない。「本当は日本に帰りたい」と頷いた理音を抱きしめた母が――「わかったよ」と言った。ちゃんと話せば受け止めてくれたかもしれないのに、言う前から諦めて言葉を呑み込んでいたのは理音の方だった。

「姉ちゃん」

呼びかける。〝オオカミさま〟は答えない。ああ、と理音は思う。

姉はもう戻ってこないのだ、と思い知る。

理音にたくさんの思い出と温かさをくれた姉は、もう帰ってこない。それでも会えて、本当によかった。

「……これで本当に最後だから、あとひとつだけ、お願い、聞いてくれない？」

これまで散々願いを叶えてもらってきて、図々しいと思うけれど、姉はいつも理音に甘かった。懐かしく、思い出す。

返事のない背中に向けて、続ける。

「覚えていたいよ」と。

「オレ、覚えていたい。みんなのことと、姉ちゃんのこと。無理だって、姉ちゃんはそう言うかもしれないけど。それでも」

〝オオカミさま〟は答えない。長い時間待っても――何の返事もない。

困らせるつもりはなかった。

理音は黙って、鏡の方に向き直る。心の中で、姉に「さよなら」を言う。

鏡の中に——手を伸ばす。

すると、その時だった。


「善処する」


声が聞こえた。はっきりと。

理音ははっとして、後ろを振り返る。しかし——、鏡の眩い光が視界に溶けて、城の、大広間の輪郭が消えていく。〝オオカミさま〟の姿が遠ざかる。

こっちを向いた〝オオカミさま〟が、最後に自分の狼面をゆっくりと外し、理音に向け微笑んだ——ように見えた。

２００６年４月７日。


時間通り家を出たこころを、お母さんが「大丈夫？」と一度だけ、呼び止めた。

「お母さん、一緒に行こうか？」

「大丈夫。一人で行く」

昨夜、何度も話したというのに、それでも心配される。無理もない、と思うけれど、こころはもう決めていた。

雪科第五中学校の二年生一学期が、今日から始まる。

胸を張って学校に向かえるのは、ここだけが居場所じゃないと教えてもらったからだ。

転校してしまった東条萌ちゃんはもういないけれど、あの子が言った言葉が強く心に残っている。

たかが、学校。

自分には、他にも行ける場所があるような、そんな気がしている。もし嫌になったら、春休みの間に見学に行った第一中も、第三中もある。大丈夫、ちゃんとやれる。どこでも行ける。それに、どこに行っても、いいことばかりが待っているわけではない。どうしても嫌いな人も必ずいるだろうし、いなくならない。

それでも。

闘うのが嫌なら、闘わなくてもいいと、言ってくれた人だっていた。

だから、戻ってみようと思う。

学校に。

桜が咲いていた。

満開の桜が、学校の門のところで花びらを散らしている。

風が強く吹いた。

歩いていたこころは、その風に髪を押さえる。不安がないといったら嘘だけど、堂々としていようと、そう思って、今日は出てきた。

すると、その時だった。

「よお」

前から、声が聞こえた。

強い風に目を細めていたこころがゆっくりと、顔を前に向ける。風に流れる花びらが途切れて、視界が晴れる。

自転車に足をかけて――、男子が一人、こっちを見ていた。

雪科第五中の、男子の学ランの制服を着て、校章を胸につけて。

刺繍の名札に、「水守」と書かれている。

その子の名前を、――こころは知っている気がした。目を見開く。

たとえば――。

たとえば、夢見る時がある。

転入生がやってくる。

その子は、たくさんいるクラスメートの中に私がいることに気づいて、その顔に、お日様みたいな眩しく、優しい微笑みを浮かべる。そして、こう言う。

「おはよう」

彼がこころに、そう笑いかける。

エピローグ

その子が部屋に入ってきた時——、とうとう、その時が来た、と思った。

どうしてかわからない。

けれど、自分の心の内側が、震えるように囁く。

ずっと、この時を待っていた、と。

腕に、強く引っぱられるような——、いつもの、あの痛みが蘇《よみがえ》ってくる。

喜多嶋晶子は、NPO『心の教室』のメンバーだ。いくつかの学校のカウンセラーをしながら、このフリースクールの活動に初期の頃から参加してきた。

ここにやってくる多くの生徒と同じように、この町の、雪科第五中学校に通っていた。

中学時代、晶子には学校に行かなかった時期がある。

このままでは高校にも行けないけど、まあいいか――と思っていた中学三年生の秋、その年に亡くなったおばあちゃんのお葬式で、鮫島《さめじま》先生に出会った。

鮫島先生。

鮫島百合子《ゆりこ》先生。

小さい頃、おばあちゃんの家の近所に住んでいて、晶子のおばあちゃんにとても世話になったというその人は、とにかく強烈なおばさんで、お葬式でもわんわん、親族よりも大きな声で泣いていた。そんな友達の存在をおばあちゃんから聞いていなかった晶子は、他の親族と一緒に驚愕したが、そのおばさんが「あんたが晶子？」と聞いてきた時にはもっと驚いた。

おばあちゃんから鮫島先生のことは聞いたことが一度もなかったけれど、鮫島先生はおばあちゃんからたまに晶子のことを聞いていたらしい。

遠慮のない目線でじろじろ晶子を見つめ、「学校、行ってないんだって？」と尋ねられた。「この子、ひどいな」泣きそうな目でそう言って、晶子の手をぎゅっと握ってきた。

初対面の晶子の母親に「あんたが放っておいたから」といきなり言って、晶子の母がものすごい形相で鮫島先生を見た。あんた誰。なんの権利があってそんなことを言えるの――。

それに対し、鮫島先生の答えは図太かった。

「あたしは、この子のおばあちゃんの友達。晶子、あんたのおばあちゃんはずっとあんたを心配してたよ。何かあったら、世話するように頼まれた。遺言を託された以上は、口出しさせてもらうよ」

鮫島先生は、勉強ができなかったり、そのせいで学校に行くのが億劫《おっくう》になってしまった子たちを集めて、月謝の安い塾をやっていた。晶子にも来るように言い、そのたび晶子は余計なお世話だとそれを突っぱねた。

けれど、鮫島先生のパワーはすごかった。高校なんてどうだっていいと思っている晶子を学校につれていき、ともあれ、今年卒業はさせましょう、と言う先生たちを強引に説得してしまった。

「この子は、もう一年ちゃんと勉強してから自分の意思で高校に行くか、これからどうするか、決めさせた方がいい。あたしが面倒みるから、留年させて中学生をもう一年ちゃんとやらせて」

そう言って、留年を決めてきてしまった。

とはいえ、最初のうち、晶子はそれもまた余計なお世話だと思い続けていた。留年しても、おそらくはこれまでと同じことの繰り返しになるだけ。学校になんて行ける気がしない。

留年の年の四月が始まる頃まで、そう思っていた。

それが、新しい年度――留年した二度目の中学三年が始まる頃に、ふと、鮫島先生をちゃんと頼ろうと思えるようになった。

困っている。勉強がわからない。何がわからないのかわからない。――そういう時に助けを求めていいのだ、と素直に思えるようになった。

勉強がしたい、と感じるようになっていた。

これまで誰も助けてなんてくれないと思っていたけれど、一度そう考えると、そばには手を差し伸べて、自分を助けようとしてくれている鮫島先生がいた。そのことに、急に気がついた。

腕に強い痛みの感覚が走るようになったのは、その頃からだ。

なぜかわからないけれど、誰かに腕を引かれているような気がする。

鮫島先生から「NPOを作る」という連絡を受けたのは、晶子が一年遅れで卒業して高校に進学し、念願叶って大学の教育学部に入学した年のことだった。

これまでの塾を、もっと広い建物を借り、学校に行けない・行かない子たちが通うフリースクールにする。

フリースクールの名前は『心の教室』。

よければ活動を手伝ってくれないか、と誘われた。

喜んで、と晶子は答えた。鮫島先生に必要としてもらえることが嬉しかったし、教員を目指すとしても、『心の教室』での経験は絶対に無駄にならないと思ったからだった。

喜多嶋先生と出会ったのは、『心の教室』を手伝って数年経った、1998年のことだった。晶子は大学三年生だった。

喜多嶋先生は近所にある総合病院のケースワーカーで、『心の教室』のことを知って、連絡してきてくれた。自分の病院に入院していて、勉強が遅れがちな、学校に通えない子たちを『心の教室』につれてきたい。逆に、『心の教室』の先生たちにも病院に来てもらえたらとても嬉しいのだけど——と。

穏やかな笑顔の優しい人柄に惹かれ始めた時、ある種の予感があった。

私は、この人と結婚するのかもしれない。

喜多嶋、という彼の苗字を口にするたび、心強く思える瞬間があった。


「喜多嶋先生」


ある日、彼のことをそう呼ぶ女の子と、病院で出会った。喜多嶋先生が彼女を病院の中庭につれてきたのだ。

ほっそりとした手足の――とても美しい女の子だった。中学一年生だということだったけれど、そうは見えないくらいに小柄で、それでいて、眼差しがとても大人っぽい。薬の副作用で髪の毛が抜け、帽子を被っていた。入学した雪科第五中学校には一度も通えていないということだった。

水守実生ちゃん。

晶子にとって、生涯忘れられない出会い。

晶子と実生の、週に一度の授業が、その年に始まった。

「晶子先生、どうぞよろしくお願いします」

意欲の塊。好奇心の塊。

実生の大きな瞳に覗き込まれるたびに、背筋が伸びた。この子に「晶子先生」と呼んでもらえる限り、自分はこの子の先生として前に立とう。この子に恥ずかしくない先生でありたいと思った。

こんな子がいるのだ、と思った。

実生との出会いは衝撃的なものだった。

学校に通いたくても通えない。だけど、決して悲観的ではなく、今学べることを、学べるところから貪欲に吸収したいという強い意志に、晶子の方が励まされ、救われるような思いがしたのは、一度や二度ではない。

そして、打ちのめされた。

学校に通えない、溶け込めない、うまくやれない――、はみ出してしまう子の気持ちがわかる、と晶子はこれまで思ってきた。学校教員を目指していても、『心の教室』を手伝っていても、心のどこかでそう思ってきたけれど、それは違うのだ。晶子が中学時代に抱えていた事情と、今目の前にいる子たちの抱える事情はそれぞれ違う。一人として同じことはない。

晶子が大学四年生になる年、実生が亡くなった。

春の雨が降るお葬式で、晶子は、茫然としながら泣く、彼女の小さな弟を見た。見ると、その姿に息ができなくなりそうだった。晶子先生、と呼んでくれた実生の声を思い出すと、心が揺れた。あの子の「先生」でいられた時間の尊さを思った。自分がなりたいものは、学校の教員とは少し違うのかもしれない。『心の教室』の活動に、なるべくずっとかかわり続けたい。ひとりひとり違う事情を抱えた子たちの、その事情に寄り添う存在になりたい。大学院を卒業し、結婚し、苗字が変わり、『心の教室』に携わりながら、いつしか心に、ある思いが芽生えた。

今度は私の番だと。

どうしてそんなふうに思ったのか、わからない。けれど、昔から、胸に、一つの光景が焼きついている。腕に強い、痛みの感触が残っている。

それは、誰かに強く腕を引かれる記憶だ。

私は、助けられた。

震えながら、命がけで、私の手を引っ張って、この世界に戻してくれた子たちが、どこかにいる。

大丈夫だよ、アキ。

大人になって。

未来で待ってる、と。

そう叫んで、私をここに繋ぎとめ、大人にしてくれた子たちがいる。

はっきりと見えないその子たちの顔の中に、なぜかあの実生の面影も重なる。

どうしてかわからない。けれど、腕に痛みが蘇るたび、晶子は思う。

今度は、私がその子たちの腕を引く側になりたい。

⚜

安西こころちゃんが、部屋の中に入って来る。

唇が青ざめ、不安そうに目をおどおどと動かし、ゆっくりとこの部屋に入って来る。その姿を見て、とうとう、この時が来た、と思った。

どうしてかわからない。

けれど、ずっとこの時を待っていた気がする。

腕に、強く引っ張られるようないつもの、あの痛みが蘇る。

この子がどんな暴力に曝《さら》され、闘ってきたのか。わからない。わからないはずなのに、考えると、胸がいっぱいになった。

大丈夫だよ、と心を込めて思う。

「安西こころさんは、雪科第五中学校の生徒さんなのね」

「はい」

「私もよ」

アキが言った。

「私も、雪科第五の生徒だったの」

大丈夫だよ、と胸の中で呼びかける。

待ってたよ、とアキの胸の中で、声がする。

大丈夫。
大丈夫だから、大人になって。

部屋の壁にかけられた小さな長方形の鏡が、アキとこころを映している。その鏡が日差しに照らされ、虹色に少し、輝いた。おや、と思ってアキは振り返る。今、鏡の中に昔の——中学時代の自分が、この子と座っていた気がした。
新緑の季節の爽やかな風が、鏡の表面を撫でるように優しく吹き、虹色の光を溶かす。向かい合うこころとアキを、その光が静かに柔らかく、包み込んでいた。

この作品は二〇一七年五月にポプラ社より刊行されたものです。

かがみの孤城　下

辻村深月

2021年 3 月 5 日　第1刷発行
2022年11月10日　第5刷

発行者　千葉 均
発行所　株式会社ポプラ社
〒102-8519　東京都千代田区麹町4-2-6
ホームページ　www.poplar.co.jp
フォーマットデザイン　bookwall
組版・校閲　株式会社鷗来堂
印刷・製本　中央精版印刷株式会社

N.D.C.913/367p/15cm　ISBN978-4-591-16972-8

落丁・乱丁本はお取り替えいたします。

電話(0120-666-553)または、ホームページ(www.poplar.co.jp)のお問い合わせ一覧よりご連絡ください。
※受付時間は月～金曜日、10時～17時です(祝日・休日は除く)。

P8101422